LES VERTUS THÉOLOGALES.

LES VERTUS THÉOLOGALES

PAR

J.-J.-A. RICARD,

Ancien Professeur à l'Athénée royal de Paris, auteur de plusieurs ouvrages philosophiques.

L'homme ne vit pas seulement de pain,
Mais de toute parole qui sort de la bouche de Dieu.

(J.-C. *Evangile.*)

Paris.

CHEZ L'AUTEUR,
rue Joubert, 34 (Chaussée-d'Antin).

1846.

LES VERTUS
THÉOLOGALES

PAR

J.-J.-A. RICARD,

Ancien Professeur à l'Athénée royal de Paris, auteur de plusieurs ouvrages philosophiques.

L'homme ne vit pas seulement de pain,
Mais de toute parole qui sort de la bouche de Dieu.
(J.-C. *Evangile.*)

Paris

CHEZ L'AUTEUR,
rue Joubert, 34 (Chaussée-d'Antin).

1846.

AVANT-PROPOS.

Si la société n'était composée que de gens de bien, cet ouvrage serait superflu; mais comme, par malheur, les hommes moraux et religieux ne sont pas en majorité, la publication de ce travail ne sera point inutile.

La morale chrétienne est écrite, il est vrai, dans des livres précieux que chacun peut étudier. Le Catéchisme même contient les instructions nécessaires à la conduite de la vie. Cependant l'homme est oublieux, et les choses qu'il lui importerait le plus d'avoir constamment présentes à l'esprit s'effacent promptement de sa mémoire, ou n'y laissent que des traces trop légères.

Dans un siècle comme le nôtre, où les idées le plus bizarres, le plus hétérodoxes de certains écrivains, viennent jeter la perturbation au milieu des masses avides d'excentricités; où le matérialisme, aussi éhonté qu'absurde, vient se ruer contre la saine raison; où l'égoïsme effronté ose lutter audacieusement contre la Charité; où les exigences exorbitantes des uns cherchent à étouffer la bienveillante générosité des autres; dans un tel siècle, les œuvres religieuses, si faibles qu'elles soient, ne sauraient qu'être accueillies et encouragées par ces âmes nobles et élevées, vivant dans l'amour de Dieu et du prochain, compatissant aux douleurs, secourant les infortunes et propageant la connaissance heureuse de la sublime vérité !

Les Vertus théologales : FOI, ESPÉRANCE, CHARITÉ, voilà, certes, un triple sujet bien digne d'intérêt.

Exposer clairement, et agréablement pour le lecteur, chacune de ces trois vertus, mères de toutes les autres ; faire ressortir les avantages qui doivent infailliblement résulter de leur pratique bien entendue, soit pour les enfants à qui on les aura enseignées, soit pour les femmes qui les auront comprises, soit pour les hommes faits qui les auront observées, soit enfin pour les vieillards touchant au terme de la vie terrestre, qui les auront cultivées pendant le cours de leur existence éphémère; faire entrevoir les maux qui doivent résulter de l'abandon de ces vertus; tel est le but que je me propose et que je m'estimerai heureux d'avoir atteint, si, comme je l'espère, Dieu me permet d'y parvenir.

LA FOI.

CHAPITRE Ier.

Madame de Corigné, veuve d'un gentilhomme distingué, habitait, en Touraine, un de ces magnifiques châteaux que le moyen-âge a légués à une longue suite de siècles.

Elle avait deux enfants : Charles et Léon, le premier âgé de douze ans, le second, de dix, qui, frères germains, étaient cependant de caractères bien différents, quoique leur éducation d'enfance fût la même, et que leur bonne mère eût pour eux une égale tendresse.

Léon, d'une corpulence plus faible que son frère, était pourtant plus laborieux, plus actif, plus énergique.

La vanité, cette si mauvaise conseillère de ceux qui lui obéissent, ne l'avait point enflé de son souffle ridicule.

L'incrédulité ne s'élevait jamais dans son âme à l'occasion des choses qui lui étaient affirmées par des personnes dignes de foi.

La peur n'avait sur lui aucun empire; et lorsqu'il se trouvait, à l'improviste, exposé à quelque danger, le sang-froid ne l'abandonnait point, il cherchait, par toutes les ressources de son jeune esprit, les moyens de se sortir d'embarras.

La hardiesse ne détruit pas la prudence.

Aussi, quelque intrépide que Léon se montrât dans le péril, il n'en était pas moins soigneux d'éviter les occasions d'y tomber.

Doué d'une imagination vive, d'un jugement précoce, d'une grande mémoire, Léon était agréable à tout le monde.

Simple dans ses goûts, naïf comme ses dix printemps, loyal dans les jeux de son âge, respectueux envers tout le monde, honorant sa mère avec amour, plein de douceur, de bonté et de complaisance pour son frère aîné, charitable, compatissant envers les pauvres, les malades et les affligés, dévoué pour ses amis et ses camarades ; tel était ce charmant petit Léon, que les parents proposaient toujours pour modèle à leurs jeunes enfants.

Charles, au contraire de Léon, était d'un tempérament athlétique; ses épaules larges, sa poitrine bien développée, ses membres trapus, son cou gros et court, tout en lui annonçait une grande force musculaire; mais ses facultés morales n'étaient pas en harmonie avec ses formes corporelles. Charles, en effet, se montrait peu laborieux, peu actif, pusillanime à l'excès ; son esprit lourd semblait souvent plongé dans une sorte de torpeur d'où on ne le tirait qu'en le stimulant avec force. Parfois même, son apathie était si grande qu'elle se manifestait dans les occasions où les plaisirs qui lui étaient offerts eussent dû réveiller l'activité joyeuse dont les enfants de son âge sont en général si prodigues, et que, pour leur santé, ils semblent avoir un si grand besoin de déployer.

Mais, de tous ses défauts, la vanité était le pire. Il serait difficile de se faire une juste idée de l'excès de son égoïsme, de sa fatuité, de sa morgue insolente.

Cependant, on le surprenait quelquefois à montrer un cœur sensible, bon, généreux ; et si son caractère habituel n'eût porté à penser qu'il y avait dans ses actions de charité plus d'ostentation que de bonté réelle, on l'eût vraiment trouvé digne des éloges qu'on lui donnait, dans le but de l'encourager de plus en plus à pratiquer la vertu.

L'amour maternel de madame de Corigné était trop vrai pour qu'elle ne sentît pas la différence des dispositions de ses deux fils. Sa raison éclairée la poussait bien souvent à se livrer à de sérieuses réflexions touchant l'avenir de chacun d'eux; et, il faut le dire, les pronostics qu'elle induisait de leurs qualités actuelles lui faisaient éprouver d'avance autant de peine pour Charles que de joie pour Léon.

Cependant, toujours juste, toujours bonne, madame de Corigné ne cessait de partager également entre ses enfants tous les sentiments d'affection dont elle était animée pour eux. Riche des biens de ce monde, douée des plus nobles qualités, elle se faisait un devoir de surveiller elle-même l'éducation de ses chers fils.

Un précepteur, digne du choix d'une telle mère, réglait avec méthode et discernement les occupations des deux frères, et cherchait, par ses soins, à leur rendre faciles les études auxquelles ils devaient s'appliquer. Le bon précepteur n'avait rien tant à cœur que l'instruction de ses élèves.

Aussi avait-il bien soin de leur aplanir les difficultés de l'étude. Loin d'exiger des tours de force de mémoire quotidiens, et de leur bourrer la tête de mots inintelligibles pour eux, il mesurait les devoirs qu'il leur traçait à la puissance de leurs facultés respectives, et dès que, selon lui, telle ou telle chose se trouvait au-dessus de la portée de leur esprit, il prenait soin de la leur expliquer de façon à la leur faire comprendre aussi parfaitement que possible.

Il pensait, non à tort sans doute, que les livres seuls n'apprennent rien aux enfants; car, pour eux, la nature demande le mouvement, l'activité physique, et non l'application mentale à laquelle, contre les lois de la raison et de l'humanité, on les contraint trop souvent.

Il savait, par expérience, que ce n'est pas en surchargeant de travail les jeunes écoliers, qu'on leur inspire l'amour de la science; que vouloir leur faire apprendre trop de choses diverses en même temps, c'est jeter la confusion dans leurs facultés morales, et non les développer avec avantage; que le savoir ne consiste pas dans la connaissance des mots, mais bien dans l'appréciation de leur valeur, dans l'intelligence des choses qu'ils représentent, des idées qu'ils expriment.

M. Darci (tel était le nom du précepteur) ne tarda pas à s'apercevoir de la différence d'aptitudes de ses deux élèves. Il voyait avec chagrin que Charles se laissait dépasser de beaucoup par son frère.

La position d'un précepteur dans des circonstances comme celles où se trouvait M. Darci est peu agréable.

Qu'on songe à l'embarras que doit éprouver un homme vertueux placé dans l'alternative ou d'affliger une femme estimable dont il a reçu les plus grandes preuves d'estime et de confiance que la meilleure des mères puisse donner, ou d'entraver dans son rapide et généreux essor un ravissant petit garçon doué des dispositions les plus heureuses!

Cependant, chaque jour nouveau fournissant des observations nouvelles, M. Darci ne put résister à la voix équitable criant au fond de sa conscience. Il se vit forcé de laisser Charles en arrière de Léon qui s'élevait ardemment à la hauteur des classiques supérieurs.

A quatorze ans, Léon connaissait admirablement les auteurs les plus estimés de l'Université. Toutes les sciences élevées avaient déjà des charmes pour son esprit pénétrant et avide de savoir. Charles, lui, que seize ans passés sur sa tête avaient tiré de l'enfance, était encore peu avancé et d'une vanité de plus en plus affligeante.

Les années de l'adolescence se passèrent comme celles qui les avaient précédées, sans aucun changement dans les dispositions des deux fils de madame de Corigné.

Les deux frères furent séparés.

Charles, chez qui des traditions de famille eussent dû éveiller le goût des armes, ne voulut pas même essayer de l'art militaire, seule position honorable qui fût la dernière espérance de sa tendre mère. Toujours irrésolu, inhabile autant que bouffi d'un orgueil insolent, il se laissa bientôt aller sans résistance à la mollesse d'une oisiveté stupide qui, apparemment du moins, le rendit en peu de temps inférieur au dernier des rustres de son voisinage. Léon, au contraire, plein du désir d'être utile à son pays, songea à la magistrature, grande et belle carrière qu'avaient suivie avec distinction quelques-uns de ses ancêtres.

Pour y parvenir et pour porter dignement la robe qu'il avait rêvée, il fréquenta exactement les écoles.

Bien différent de ces jeunes insensés qui, poussés par un sot amour-propre, trouvent au-dessous de leur grandeur imaginaire d'aller s'asseoir sur les bancs d'une faculté, Léon étudiait comme un homme de raison que guide l'amour du bien, la noble ambition du savoir.

Madame de Corigné, dont l'inépuisable bonté ne cessait de veiller sur le sort de ses fils, s'était d'autant plus attachée à Charles qu'il répondait moins au désir si vif qu'elle avait de le voir secouer enfin le sommeil de l'ignorance. Dans son amour pour celui envers qui il lui semblait que la nature avait été avare de ses dons, elle se soumettait, comme par devoir, à une sorte d'esclavage qui la retenait incessamment près de Charles. Il lui semblait, à cette excellente femme, que si Charles venait à être privé des soins attentifs dont elle ne cessait d'être prodigue envers lui, il tomberait bientôt dans une situation encore plus affligeante que celle où elle pensait le maintenir. Quant à Léon, elle ne s'en inquiétait pour ainsi dire plus ; elle goûtait avec joie tout le bonheur que puissent procurer à une mère les nouvelles fréquentes des succès toujours croissants d'un fils justement chéri.

Charles, indifférent à tous les conseils, n'écoutait plus les excellentes leçons de M. Darcy sans manifester de l'ennui, du dégoût, du dédain même.

Fier des richesses dont il savait devoir être un jour possesseur, il regardait les hommes privés des dons de la fortune comme gens trop au-dessous de lui pour mériter son attention. Cependant, ne pouvant se dissimuler l'ignorance dans laquelle il semblait se complaire, il évitait avec grand soin les occasions de se trouver dans la compagnie des jeunes opulents de son âge, dont le savoir plus ou moins étendu l'eût humilié à leurs yeux. La société de ses valets, de ses fermiers, de quelques paysans aimant la chasse, lui plaisait davantage. Il les dominait sans peine, recevait d'eux toutes sortes de compliments, d'adulations, et se trouvait content d'exercer sur ces rustres une autorité qu'ils n'eussent osé lui contester.

La compagnie de sa mère ne paraissait le toucher en aucune façon. Peu soucieux d'autrui, il ne cherchait point à se lier avec les personnes dont elle recevait de loin en loin les visites amicales.

Aussi le château, jadis si animé, était-il devenu sombre, triste, monotone; ce n'était plus, comme avant le veuvage de madame de Corigné, le séjour enchanteur des banquets somptueux où venaient se gaudir, après une journée de courses, les plus hardis chasseurs, les plus gracieuses amazones; ce n'était plus le splendide palais étalant, par de magnifiques soirées, ses beaux salons dorés, ses vastes galeries, ses délicieux boudoirs, étincelants des feux multipliés de mille bougies ambrées, mille fois reproduites dans les immenses glaces dont les riches lambris étaient symétriquement décorés. Ce n'était plus qu'une froide retraite où s'écoulaient à peine de tristes existences.

Cependant Léon, devenu grave, plein de science et de courage, jouissait déjà d'une haute considération. Ses premiers essais oratoires, sous la toque d'avocat, profession libre par laquelle il avait voulu s'ouvrir la route de la magistrature, avaient été si brillants que tout le barreau, d'un mouvement unanime, lui avait adressé les félicitations les plus vives.

Loin de s'enorgueillir de ce premier succès, et de tomber alors dans l'aveuglement d'une vanité puérile, Léon ne reçut les approbations de ses confrères que comme des encouragements qui devaient, selon lui, l'obliger à redoubler de zèle pour acquérir les connaissances accessoires dont il croyait, avec raison, que tout interprète de la loi doit être imbu, afin d'apprécier sciemment toutes choses.

D'après ses vues d'équité, Léon voulut étudier, outre les sciences dans lesquelles il était versé déjà, la chimie, la médecine, la théologie, enfin tout ce qu'un homme, espérant être un jour l'arbitre des plus grands intérêts, doit désirer savoir, pour décider consciencieusement de la valeur des faits divers qui ne manqueraient pas d'être soumis à son examen, à son jugement.

Léon se remit donc à l'étude avec toute l'ardeur imaginable, renvoyant à un temps futur la pratique de l'art oratoire qu'il possédait pour ainsi dire déjà. Sa fortune patrimoniale lui assurant une position honorable, indépendante, et lui permettant de faire les frais nécessaires à l'accomplissement de ses vœux, il s'occupa bien plus de les réaliser que de se former une clientèle dont il prévoyait devoir faire l'abandon, puisqu'il avait arrêté le projet d'arriver à la magistrature.

Trois années encore suffirent à Léon pour compléter son immense instruction ; mais alors quel profond savoir ! quelle brillante érudition ! quelle solide logique ! quelle variété de connaissances ! On peut le dire, Léon était un homme du plus rare mérite sous tous les rapports ; et cependant il n'avait que vingt-huit ans.

A peine Léon avait-il acquis le complément de science dont il rêvait la possession depuis son enfance, que, madame de Corigné ayant été saisie tout-à-coup d'une maladie fort inquiétante, on le manda près d'elle. Lui-même ne jouissait pas actuellement d'une santé parfaite. Les longues veilles, la grande contention d'esprit, le peu d'exercice physique durant tant de jeunes années, la fatigue enfin commençait à altérer une santé si précieuse.

La nouvelle inattendue que reçut Léon de la maladie de sa mère bien-aimée le jeta dans la perturbation la plus vive. Au milieu de son inquiète impatience, il fit, à la hâte, ses préparatifs de départ, pendant que son domestique courut chercher une chaise et des chevaux de poste.

Deux heures après, Léon volait au galop des chevaux sur la route qu'il devait parcourir, et dont il abrégeait la longueur en triplant les pour-boire des postillons.

A son arrivée au château, Léon trouva sa mère beaucoup moins malade qu'il ne l'avait craint. Un docteur habile, appelé dès le début de la maladie, n'avait pas cessé d'être assidu près de madame de Corigné, et avait eu le bonheur de la mettre promptement hors de danger;

mais à la vue de son cher fils, cette dame, pour qui on avait eu soin, pourtant, de prendre tous les ménagements possibles, afin de prévenir les émotions qu'on supposait devoir lui être causées par la présence de Léon si long-temps éloigné d'elle, éprouva une joie telle, qu'au milieu des embrassements les plus tendres, une crise nerveuse s'empara de tout son être, et la jeta dans des convulsions épouvantables.

Heureusement que le docteur était là, attentif près de sa malade. Il ne parut point s'inquiéter de l'état de madame de Corigné, seulement il lui appliqua aussitôt les mains, l'une sur le front, l'autre sur la région du cœur; puis, après un instant de cette application, il promena doucement la main droite de la tête aux pieds de la patiente, fixant son regard sur elle avec intérêt, et lui imposant, par degrés, le calme le plus parfait. Grâce à ces soins, madame de Corigné reprit promptement l'usage de ses sens et de sa raison. Revenue à elle, ses yeux se portèrent d'abord vers son cher fils, que semblait chercher avec anxiété un regard encore mal assuré; puis elle les tourna vers le docteur, et, par un léger sourire, lui adressa les remercîments les mieux sentis. Enfin, elle les laissa tomber, avec une remarquable expression de douleur, sur la personne de son fils aîné.

Charles, que l'arrivée de son frère n'avait ni surpris ni ému, était resté spectateur froid et insensible de toute cette scène. Il eût été impossible à l'observateur le plus pénétrant de se faire une juste idée des sentiments de cet homme à la physionomie muette, au cœur sourd, dont les mouvements automatiques semblaient obéir au mécanisme caché d'un ingénieux mortel, plutôt qu'à une volonté émanée de Dieu et inhérente à l'individu qui les exécutait.

La fin du jour se passa au milieu de la joie la plus sainte. Madame de Corigné, tout-à-fait remise de son trouble momentané, ne pouvait détacher ses yeux insatiables de son Léon chéri.

« Voici mon fils, docteur, disait-elle à chaque instant au médecin. C'est mon Léon dont je vous ai si souvent parlé! C'est le digne héritier de son noble père! C'est le consolateur accordé par la Providence à ma vieillesse attristée! »

Alors un soupir douloureux, s'échappant avec effort de la poitrine de cette vertueuse femme, exprima fortement les souffrances morales que son autre fils lui faisait éprouver; on y lisait, dans ce soupir, toute la pensée de cette mère affligée, songeant à l'avenir moral, si tristement préparé, du vaniteux Charles de Corigné.

Le soir étant venu, chacun, sur l'avis du docteur, chercha le repos nécessaire. Léon en goûta les charmes bienfaisants.

Le lendemain dès l'aurore, Léon eut hâte de voir sa mère, ou du moins de s'informer de son état. Il fut prévenu par l'excellent docteur qui, ayant entendu marcher dans le vestibule, et craignant qu'on ne vînt troubler le sommeil de madame de Corigné, endormie depuis peu d'heures, était sorti, sans bruit, de la chambre de sa malade.

« Eh bien! docteur, dit Léon, comment se trouve ma bonne mère ce matin?

— Elle repose, répondit le docteur; le pouls est maintenant régulier, la peau bonne, la respiration facile, le visage serein; mais hier au soir, après que vous l'avez eu quittée, madame de Corigné a éprouvé de nouveaux mouvements involontaires, des spasmes, des soubresauts, de la fièvre et un mal de tête violent. Ce n'est qu'après minuit que j'ai pu lui rendre le calme dont elle avait tant besoin.

— Merci, docteur, dit Léon ; merci ! Je suis heureux de l'intérêt que vous prenez à la santé de ma bonne mère. Permettez-moi de vous exprimer toute ma reconnaissance de la sollicitude dont vous n'avez cessé de l'entourer depuis le début d'une maladie à laquelle tout donnait lieu de craindre que madame de Corigné ne succombât promptement, et qui l'eût sans doute précipitée dans la tombe, si vous ne l'aviez secourue avec autant de zèle que de science.

— Ne me remerciez point, Monsieur, reprit le docteur ; je suis assez heureux de la faveur que le ciel a daigné m'accorder en m'inspirant les moyens de sauver madame de Corigné du danger où elle se trouvait. Je dis : la sauver ; car je pense bien que mon espoir ne sera pas déçu, maintenant qu'elle a résisté à la secousse provoquée par votre retour au château. Croyez bien que je regarderai toujours comme un devoir sacré de ne rien négliger de ce qui m'est possible pour arracher à la mort les personnes qui m'honorent d'une confiance à laquelle je serais honteux de ne pas répondre avec tout le zèle dont je suis capable. Veuillez donc croire, Monsieur, à mon entier dévoûment pour vous-même comme pour votre noble famille.

— Je suis bien sensible à toutes vos bontés, docteur, répondit Léon, aussi permettez-moi de vous offrir, avec l'expression de ma reconnaissance, mon amitié franche et sincère.

— Vous m'honorez, Monsieur, dit le docteur. J'accepte avec bonheur l'amitié que vous daignez m'offrir. Quant à la reconnaissance, veuillez croire que je n'en mérite nullement; car, je le répète, je n'ai fait qu'obéir à la voix du devoir.

— Vous êtes aussi modeste que bon, cher docteur, dit Léon; et vos nobles qualités m'enhardissent à vous prier de me donner quelques détails sur la maladie de ma bonne mère, ainsi que sur le traitement que vous avez employé avec tant de succès contre une affection apparemment si grave.

— Je ne demande pas mieux que de vous satisfaire, Monsieur, dit le docteur. Ce sera pour moi un plaisir d'autant plus grand que je sais, de madame de Corigné elle-même, combien vous êtes versé dans les sciences naturelles, notamment dans celle que je professe.

— Eh bien ! dit Léon, passons au salon, nous y serons tranquilles, à l'aise, et de là nous pourrons surveiller de l'oreille votre pauvre malade.

— Bien volontiers, dit le docteur. »

Léon et le docteur étant entrés dans le salon avec précaution, allèrent s'asseoir près de la porte communiquant à la chambre de madame de Corigné. Le docteur fit à Léon le récit suivant:

« La maladie de madame de Corigné présentait des caractères alarmants pour ses amis. Le premier jour que j'eus l'honneur de l'examiner, je remarquai des symptômes d'inflammation de l'estomac et du ventre, de la toux, une expectoration de matières tenaces, des tremblements, des soubresauts, des mouvements convulsifs, du délire, et une prostration manifeste.

« Mes premiers soins furent de combattre les symptômes inflammatoires, puis je dirigeai mon traitement selon les indications; mais toutes mes prescriptions ne produisirent aucun effet heureux. La maladie allait s'aggravant incessamment, au point que je craignis un instant de voir succomber madame votre mère. Cependant, mes craintes ne tardèrent pas à se dissiper. Étant à bout des ressources de la médecine ordinaire, il me vint à la pensée d'essayer du magnétisme.

« Vous connaissez sans doute, Monsieur,

cette science nouvelle dont on attribue la découverte au célèbre docteur Mesmer. Vous n'ignorez pas, je pense, combien de guérisons inespérées sont dues à ses applications.

« Je magnétisai donc madame de Corigné, d'abord à quelques pouces de distance, en dirigeant vers elle la pointe de mes doigts. Ma volonté de la guérir était certes aussi grande que possible, et il me semblait que mon âme s'unissait à la sienne et la retenait dans ses liens corporels. Il y avait une demi-heure environ que durait ma magnétisation, quand je remarquai un changement admirable dans le *facies* de ma patiente. Une sueur abondante couvrait son visage; ses yeux, tout-à-l'heure fixes et éteints, s'étaient ranimés comme par enchantement; la respiration se faisait librement; en un mot, j'avais eu le bonheur de provoquer une crise du plus heureux présage.

« Vous pouvez vous faire une juste idée des phénomènes qui se passèrent ensuite chez la malade. Elle se trouva remarquablement mieux dès le lendemain. Cependant je la magnétisais fréquemment, avec prudence, de façon à calmer l'effervescence du cerveau et la surexcitation du système nerveux. Enfin, le jour de votre arrivée au château je ne doutais plus de la guérison, et vous savez par quel moyen je me suis rendu maître de la crise occasionée par votre retour.

— Merci, docteur, dit Léon, de votre récit; je ne saurais vous témoigner toute mon estime pour votre beau caractère. Je vois avec bonheur que vous êtes un vrai et bon médecin, et, qui plus est, un médecin honnête homme. Vous n'avez reculé ni devant la crainte du ridicule, ni devant les sots préjugés; vous avez employé le moyen qui vous a semblé convenable, sans vous préoccuper de votre intérêt personnel, sans songer à autre chose qu'à la guérison de madame de Corigné, et Dieu a béni vos louables efforts. Je souhaiterais que tous vos confrères eussent autant d'instruction, de judiciaire, de loyauté que vous en avez ; mais, par malheur pour l'humanité, il est des médecins systématiques dont l'entêtement va jusqu'à la mauvaise foi, qui préfèreraient la perte d'un malade à l'abandon d'une idée, ou à l'approbation d'une méthode contraire à leur ambition.

« Quant à moi, je ne suis nullement surpris des bons résultats que vous avez obtenus au moyen du magnétisme. J'ai étudié quelque peu cet agent trop généralement méconnu, et les effets que j'en ai vus ne me permettent plus de douter de sa puissance. Toutefois, je dois avouer qu'il est certains phénomènes annoncés par des magnétiseurs dont je ne suspecte pourtant pas les intentions, que je serais aise de constater par moi-même, ou d'éclaircir par le raisonnement, attendu que les hommes, même les plus savants, d'ailleurs très-capables de juger sainement, peuvent se faire illusion sur les choses pour lesquelles ils ont une prédilection enthousiaste. Si vous le permettez, nous nous entretiendrons quelque jour plus longuement de la doctrine de Mesmer; car je suis persuadé que vous me mettrez à même de fixer mes opinions sur cet intéressant objet. »

Le docteur ayant entendu un léger bruit venant de la chambre de sa malade, ne prit que le temps de faire à Léon un signe d'adhésion, et passa aussitôt près de madame de Corigné.

Léon se dirigea vers le jardin, où il rencontra son frère qui s'y promenait habituellement tous les matins, lorsque le temps le permettait.

Le soleil levant dorait de ses rayons les riches

plates-bandes, les fertiles carrés, les larges allées du jardin; les beaux tapis de gazon verdoyaient au jour pur d'une atmosphère sans nuage; les jets d'eau lançaient incessamment vers le ciel des colonnes de cristal qui s'épanouissaient en gerbes d'argent, pour retomber mollement dans les vastes bassins de marbre et de porphyre, respectés par le temps.

Un sentiment de bonheur indicible s'empara de Léon, à la vue de ce lieu charmant où tout lui rappelait les jours de son enfance. Là, il avait joué sous les yeux de sa mère; là, il s'était balancé dans une escarpolette où Charles craignait de monter; là, il s'était plu à faire cent culbutes. C'est sous ce vieil ormeau qu'il venait défier l'ardeur des feux du jour; c'est à l'ombre protectrice de ces épais tilleuls qu'il venait exercer sa mémoire novice; c'est sous ce berceau de rosiers, de jasmins, de chèvre-feuilles et de lilas, qu'il se plaisait à ébaucher les devoirs indiqués par son maître. En un mot, chaque objet retraçait à son cœur un délicieux souvenir.

Lorsque les deux frères se rencontrèrent, Léon s'élança avec effusion dans les bras de Charles, qui les avait ouverts spontanément, et qui, pour la première fois depuis bien longtemps sans doute, venait de sentir battre son cœur à l'amitié. Les embrassements de Léon produisirent sur son frère aîné comme un effet électrique qui sembla lui communiquer le feu sacré.

De sombre et silencieux qu'il était tout-à-l'heure, Charles prit un air animé, parlant, ouvert, vraiment prodigieux.

« Bonjour, Charles, s'écria Léon; bonjour, mon frère; quel bonheur de nous revoir après une si longue séparation!

— Oh! oui, murmura Charles, oui, quel bonheur! quel bonheur pour nous deux! pour moi surtout, cher Léon ! moi qui craignais que tu ne m'eusses oublié, comme j'ai eu le travers d'oublier tout le monde !.... »

En achevant ces mots, Charles laissa tomber de ses yeux, expressifs à présent, deux larmes de regrets.

Léon, plein d'amour pour son frère, poussa un long soupir et pleura comme Charles.

Cette scène admirable s'acheva au milieu d'une promenade muette dans la grande allée du jardin, où les deux frères de Corigné marchaient d'un pas égal, côte à côte, bras dessus bras dessous, s'exprimant réciproquement leur mutuel amour par de convulsives et sentimentales pressions.

Un domestique, envoyé par le docteur, vint annoncer le petit lever de madame de Corigné, à qui un mieux remarquable permettait de recevoir aussitôt ses fils.

Les deux frères allèrent ensemble offrir leurs hommages à leur bonne mère.

Léon entra le premier dans l'appartement, salua le docteur et alla déposer sur le front de madame de Corigné un respectueux baiser. Charles, entraîné par l'exemple, imita son frère; et, comme son frère, il se tint debout au chevet de la convalescente.

Le docteur, étonné de la conduite de Charles, de cet homme si long-temps indifférent qu'on l'avait cru insensible, observait avec attention.

Madame de Corigné, dont la joie répandue sur ses traits ne se pouvait dissimuler, s'y livra sans contrainte et couvrit de baisers ses deux fils tour-à-tour.

« Pardon, docteur, dit-elle après à son médecin, pardon de m'être laissée aller aux mouvements de mon cœur; mais je suis mère, savez-vous, et j'aime tant mes fils!

— Madame, dit le docteur, ne vous accusez point de trop de faiblesse; je comprends ces élans naturels à l'âme d'une mère, et loin de blâmer votre sensibilité, j'y donne, veuillez le croire, l'adhésion la plus sympathique. »

Léon, qui, dès l'instant de sa promenade avec Charles, s'était senti inspiré du désir de travailler désormais au bonheur de son frère, jugea qu'il ne convenait pas à ses desseins de prolonger une visite où Charles eût pu se trouver embarrassé. Alors, lui présentant la main, il jeta au docteur et à madame de Corigné un coup-d'œil d'intelligence, et emmena son frère hors de la maison.

Madame de Corigné et le docteur, ayant compris la signification du regard de Léon, se firent part des espérances naissant dans leurs propres esprits, avec une simultanéité du plus heureux présage.

« Que pensez-vous, docteur, dit madame de

Corigné à son médecin, du changement subit de la conduite de Charles?

— Je pense, madame, répondit le docteur, que c'est une crise favorable qui s'opère en ce moment chez M. Charles de Corigné, et que si cette crise est bien conduite, bien dirigée, comme je crois M. Léon capable de le faire, vous verrez avant peu monsieur votre fils aîné, digne de ses ancêtres, digne de son noble père, digne de vous-même.

— Dieu le permette, docteur, reprit madame de Corigné, Dieu le permette! Mais hélas! puis-je espérer encore voir un jour s'accomplir mon vœu le plus ardent, de retrouver un fils si longtemps égaré!

— Dieu est grand, madame! répliqua le docteur; ne doutez point que, touché de vos peines, de vos prières, il ne vous accorde une grâce que vous n'avez cessé d'implorer de sa toute-puissance. Les affections morales (l'expérience l'a prouvé) sont en général si bizarres, si variables, qu'on les voit céder quelquefois aux accidents les plus légers en apparence : une commotion, une douleur aiguë, une sensation vive, un voyage, un changement d'hygiène, une modification quelconque dans les habitudes de la vie, peut faire disparaître pour toujours une maladie de cette nature. De même aussi, la chose la moins importante aux yeux du monde peut déterminer, chez l'homme le mieux portant, une de ces anomalies singulières auxquelles notre science a donné le nom de *vésanies*, et dont la résistance aux moyens thérapeutiques vient trop souvent démontrer l'impuissance de notre art, confondre notre raison, tromper nos pronostics, et nous obliger de convenir que là, comme en tout, notre faible pouvoir est constamment soumis à la volonté du Créateur.

« C'est vous dire, pardonnez-le-moi, que je regarde M. Charles comme malade, car, selon moi, la faiblesse ou l'excès dans le développement de certains organes cérébraux empêche l'harmonie morale. Plus un organe est faible, moins il est capable de s'exercer; plus il est fort, au contraire, plus il est disposé à se développer encore. Néanmoins, lorsqu'un individu chez qui les différents organes phrénologiques ne sont pas en équilibre peut être convaincu de ses propres défauts, et qu'il prend la volonté bien déterminée de travailler à les vaincre; lorsqu'un ami dévoué surveille incessamment ses actions, afin de le réprimander au moindre égarement; lorsque, surtout, cet ami veut constamment, avec force et confiance, paralyser en quelque sorte les organes trop actifs et stimuler ceux qui sont restés pour ainsi dire frappés d'inertie; alors, dis-je, il s'opère promptement dans l'organisme cérébral des modifications surprenantes. L'homme, naguère vaniteux et égoïste, est devenu actuellement bienveillant, humble et circonspect. Cela, parce que l'organe de l'amour de soi a été lié et tenu en charte privée par une volonté puissante, tandis que les organes de la bienveillance, de la circonspection, de la religiosité, étaient incessamment réveillés, stimulés, excités.

« Tous les cerveaux humains, sauf quelques exceptions, sont pourvus chacun de toutes les diverses facultés phrénologiques. C'est à nous de développer chez nos enfants, par une éducation convenable, celles dont l'exercice est le plus utile au bonheur de l'homme civilisé.

« Ne pensez pas, je vous prie, Madame, que j'aie l'intention de vous blesser le moins du monde, ni de déverser sur vous, pas plus que sur l'excellent M. Darci, un reproche quelconque. L'un et l'autre vous en êtes complètement à l'abri. Il y a des natures difficiles à vaincre; d'ailleurs, la phrénologie est encore peu connue, et je suis persuadé qu'il n'y a dans le monde qu'un bien petit nombre de personnes considérant les études de la doctrine de Gall au point de vue de leur utilité, comme signes indicateurs de la direction qu'on doit donner à l'éducation morale des individus.

« Pardon, Madame, de cette digression; je n'abuserai pas davantage de votre attention bienveillante à m'écouter. »

Cependant les deux frères de Corigné s'étaient dirigés vers le parc en causant de leur jeune âge.

Léon, imbu de la résolution qu'il avait prise relativement à son frère aîné, amena fort adroitement la conversation sur le sujet qu'il s'était proposé de traiter: l'éducation de celui-ci.

« Qu'est devenu, demanda-t-il à Charles (bien qu'il le sût certainement), le digne précepteur à qui notre bonne mère avait confié le soin de notre instruction, et qui s'acquittait si consciencieusement de ses devoirs ?

— Après ton départ pour Paris, répondit Charles, M. Darci n'a pas séjourné long-temps au château. Soit que sa loyauté fût alarmée de recevoir des appointements que rien d'apparent ne venait compenser, soit qu'il fût fatigué de m'enseigner presque vainement ce qu'il souhaitait que j'apprisse, toujours est-il qu'un matin il annonça à madame de Corigné son intention de nous quitter.

« Notre mère, dont il avait mérité l'estime, voulut d'abord s'opposer à ce projet, pensant que la démarche de M. Darci n'était dictée que par un excès de délicatesse peu commun de nos jours; mais elle n'insista plus dès que le précepteur lui eut confié la résolution arrêtée dans sa pensée d'embrasser l'état ecclésiastique pour lequel, disait-il, il sentait une vocation réelle. Peu de temps après son départ du château, M. Darci nous écrivit pour nous faire savoir son entrée au séminaire de Poitiers. Trois ans plus tard, madame de Corigné et ses amis, autant peut-être que les mérites de l'ex-précepteur, obtinrent à celui-ci la cure de notre paroisse, alors laissée vacante par la mort du vieux prêtre qui nous a baptisés toi et moi.

« M Darci, toujours vertueux, toujours excellent comme tu l'as connu, n'a point cessé d'être l'ami de notre famille; il vient au château aussi fréquemment que cela lui est possible, sa présence y est toujours agréable, et je pense que tu l'y verras prochainement. »

Cette narration de Charles, quelque simple qu'elle fût, prouva du moins à Léon qu'il était possible de guérir son frère de l'espèce d'atrophie morale dont il semblait avoir été frappé durant plusieurs années.

« Si tu le veux, frère, reprit Léon, nous irons dès demain visiter le bon M. Darci; la cure n'étant éloignée du château que de trois quarts de lieue, nous pourrons faire à pied cette agréable promenade. Je dois ma visite à M. Darci, autant par reconnaissance des soins qu'il m'a prodigués avec tant de bonté, que par déférence pour le caractère sacré dont il est actuellement revêtu. Qant à toi, frère, qui as eu si fréquemment l'occasion de lui manifester tes bons sentiments à son égard, tu seras encore content, n'est-il pas vrai, de lui témoigner l'affection sincère que tu lui conserves?

— J'accepte volontiers, dit Charles; cependant, je dois te l'avouer, mon indifférence a été aussi grande pour M. Darcy que pour tout autre, et maintenant je redoute d'aborder l'honnête homme dont j'ai trop négligé les excellents conseils, et qui pourtant, toujours plein d'indulgence et de dévoûment pour moi, m'a sans cesse porté le plus vif intérêt.

— Bien, frère, bien! Tu n'es pas si coupable que tu ne puisses réparer aisément les fautes que tu as commises. Laisse-moi me charger de ta présentation chez M. Darci, et sois sûr que dans peu de temps nous serons tous heureux!

—Ainsi soit-il! cher Léon, répondit Charles; crois bien que si je puis faire oublier mes torts à ceux qui en ont souffert, je rendrai grâce au ciel d'une telle faveur. Mais, faut-il te le dire, je tremble que demain, ce soir, dans un instant peut-être, ces dispositions heureuses où je suis maintenant ne fassent place encore à cette vanité insensée que je déteste à présent. Ah! Léon, cher Léon, ne m'abandonne pas! apprends-moi les moyens de vaincre mes mauvais penchants ! Quel secret, dis-le-moi, ou bien quelle vertu doit enfin dessiller mes yeux fermés au jour!

— Quelle vertu, frère?... Ah! c'est bien!... quelle vertu?... Écoute-moi donc, puisque tu veux me permettre de te parler librement et avec franchise :

« La Foi, Charles, la Foi!

« La Foi est un présent du ciel, que nous accorde la grâce de Dieu. C'est un don que les uns reçoivent à titre gratuit, que les autres n'obtiennent que comme récompense.

« Celui qui a la Foi profonde, telle qu'on doit en comprendre la portée, n'est point, comme certaines gens le supposent, un de ces êtres aveuglés par la paresse, acceptant sans examen, sans discussion, sans preuve aucune, toutes les prétentions, toutes les folies dont quelques audacieux imposteurs peuvent les entretenir. C'est au contraire l'homme raisonnable qui, ne s'en rapportant qu'à des témoignages dignes de créance, ou à l'observation exacte des faits qu'on lui annonce, n'admet que ce qui lui est prouvé.

« Mais là ne se bornent point les qualités de celui qu'anime la Foi. Il faut pour qu'il possède cette vertu tout entière, selon l'étendue de la signification du mot, il faut que celui-là ait Foi en Dieu; Foi en ces élus dont les écritures sacrées nous ont transmis les noms; Foi en ces révélations qui nous ont fait connaître les secrets de la nature en nous apprenant à respecter ses mystères; Foi en ces vénérables ministres des autels, chargés providentiellement de nourrir l'esprit humain des sages et sublimes maximes qui forment par leur réunion le code admirable de la théologie et de la morale.

« Or, celui qui a la Foi, comme on le doit comprendre, ne tombe point dans l'erreur du scepticisme systématique. Il sait que Dieu lui a donné la raison afin qu'il en fasse usage, et il ne manque point de se conformer à cette loi. Il est patient, modeste, laborieux, et il attend, sans rien préjuger, le dénoûment de toutes les scènes qui lui sont offertes. Si un fait étrange, en dehors du cercle des connaissances qu'il a acquises, vient à lui être annoncé, il ne le rejette point d'abord. Il attend d'en pouvoir faire la vérification, et il sait se conformer à toutes les nécessités de conditions, de circonstances, d'accidents, qui ont rapport au fait annoncé.

« S'il s'agit de choses qui ne soient point du domaine de l'humanité, il accepte comme vrais les témoignages des élus, et ne s'obstine point à chercher l'explication de ce qu'il a plu à l'Être-Suprême de lui tenir caché. Il se conforme humblement aux décrets de la sagesse infinie, sans tenter de confondre avec les faits naturels les choses mystérieuses et surnaturelles.

« Celui qui a la Foi croit à la réalité des principes religieux. Il croit à l'existence d'un être suprême dont la puissance, la sagesse, la bonté, la clémence, sont infinies. Il croit à l'influence du mal comme à celle du bien, puisqu'il sait que Dieu a permis qu'il y eût deux forces opposées entre lesquelles l'homme a la liberté de choisir; il croit à l'existence de l'âme, à son immortalité, parce qu'il n'ignore point que Dieu, en nous créant à son image, nous a accordé une étincelle de sa lumière éternelle; il croit à la parole du Seigneur, à la loi et aux prophètes; il croit aux punitions et aux récompenses que chacun de nous recevra dans une vie future, à raison des bonnes ou des mauvaises actions qu'il aura commises pendant son séjour sur la terre; il croit aux mystères annoncés par les élus, bien que son intelligence ne puisse s'en rendre compte.

« Celui qui a la Foi croit à sa puissance personnelle, laquelle, étant inférieure à la puissance divine, doit se soumettre à celle-ci et lui obéir; il croit à sa force, à son énergie, à sa volonté, et, disposant du libre arbitre que Dieu lui a donné, il dirige ses actions constamment vers le bien, quelles que soient les mauvaises influences qui le viennent éprouver.

« Celui qui a la Foi ne saurait se parjurer ni agir contre la voix de sa conscience; il exécute loyalement les promesses qu'il a faites, les engagements qu'il a contractés; il remplit avec amour ses devoirs religieux, ses devoirs de famille, ses devoirs sociaux; il se conforme sans peine aux lois de son pays, aux instructions de ses supérieurs dans la hiérarchie sociale; il rend à César ce qui est à César, et à Dieu ce qui est à Dieu.

« Celui qui a la Foi est bon citoyen, bon fils, bon père, bon époux; il est animé de tous les sentiments d'amour, de dévoûment, de générosité, dont l'homme est capable.

« Mais si celui qui a la Foi s'est soumis volontiers à toutes ces conditions, s'il a eu la raison de comprendre que l'homme avait à remplir des devoirs auxquels il serait injuste de se soustraire, il comprend aussi les droits qui lui sont acquis, et il exige que ces droits soient respectés.

« Le sentiment d'équité formant sans restriction la base de sa Foi, il veut que la justice préside aux actes qui lui sont relatifs, ou dont il est appelé à apprécier le mérite.

« Or, celui qui a la Foi ne permet pas pour cela qu'on ne soit pas à son égard ce qu'il est, lui, au vis-à-vis d'autrui; il ne laisse pas tout faire, il ne laisse pas tout aller selon les caprices ou le bon plaisir de ceux qui chercheraient à nuire à ses intérêts, à sa considération, à sa personne; il ne se soumet point lâchement aux exigences iniques de ces êtres pervers dont le plus grand plaisir est de provoquer toutes les perturbations subversives du droit naturel et de l'ordre social; il repousse courageusement toute attaque dirigée contre lui par la malveillance, par l'envie, par la calomnie; il tient fermement à faire exécuter les promesses qui lui ont été faites librement; il veut qu'on ait pour sa personne le respect et l'estime que lui-même porte avec satisfaction aux personnes qui en sont dignes; il ne se laisse point aller aux faiblesses pusillanimes d'une fausse bonté envers les enfants que la Providence a livrés à ses soins, envers ceux qui sont confiés à sa direction, envers ceux qui réclament ses conseils, envers ceux aux intérêts de qui certaines liaisons de famille, d'amitié, de relations, lui font un devoir d'être attentif.

« Voilà, frère, cette vertu sublime qui doit ouvrir à la lumière la plus pure les yeux de ton esprit.

— Oh! merci, cher Léon, s'écria avec transport Charles de Corigné; merci, mon frère bien aimé! Je comprends maintenant la cause de mes faiblesses. Mais, crois-le, si tu m'accordes tes soins, je sortirai promptement de la misérable condition où j'ai trop croupi volontiers; et aucun effort ne me semblera trop grand pour parvenir à me rendre digne de nos aïeux, de notre mère, de toi-même!

— Cela étant, dit Léon, tu me promets donc de suivre désormais les conseils que je jugerai à propos de te donner.

— Oui, certes, reprit Charles, et de plus, je te promets sur l'honneur de ne rien négliger pour satisfaire complètement à ce que tu pourrais exiger de moi. »

Comme Charles achevait ces mots, les deux frères rentraient dans la cour du château. Ils se remirent au lendemain pour commencer l'exécution de leurs louables projets.

FIN DU PREMIER CHAPITRE.

L'ESPÉRANCE.

CHAPITRE II.

La journée se passa dans le contentement le plus parfait.

A l'heure du dîner, madame de Corigné put quitter sa chambre et, appuyée d'un côté sur le bras du bon docteur, de l'autre, sur celui de Léon, elle se rendit dans la salle à manger.

Charles, qui suivait pas à pas, s'empressa d'offrir à sa mère le siége préparé à la place qu'elle avait coutume d'occuper.

Nos quatre personnages se mirent à table : madame de Corigné entre ses deux fils, le docteur en face de sa convalescente, dont, ainsi placé, il pouvait aisément observer la physionomie.

Madame de Corigné, quoique bien faible encore, prononça le *Benedicite;* ses deux fils et le docteur dirent : *Amen!*

Le repas, servi par un seul valet, dura peu; cependant il y régna un bonheur intime qu'on ne trouve point ailleurs que dans les fêtes de famille.

Le dîner étant terminé, madame de Corigné se leva d'elle-même, dit l'*Agimus gratias*, auquel chacun fit *chorus*, et l'on retourna dans son appartement, en suivant le même ordre, en usant des mêmes précautions que pour se rendre à la salle à manger.

Quand chacun fut assis, le docteur ayant remarqué que madame de Corigné allait de mieux en mieux, et recouvrait la santé d'autant plus vite qu'elle éprouvait une joie plus pure, voulut, tout en remplissant son ministère, procurer à sa malade une distraction de nature à lui faire oublier l'état alarmant d'où elle sortait à peine. Dans ce but, il se tourna vers Léon, et lui demanda amicalement quels pouvaient être ses doutes à l'endroit du magnétisme.

« Mes doutes, répondit Léon, ne sont point relatifs au magnétisme proprement dit ; je n'en ai que relativement à certaines prétentions touchant le somnambulisme magnétique.

« J'ai vu et produit assez d'effets remarquables, par les magnétisations, pour ne pas douter qu'il y ait en nous un agent dont nous pouvons disposer dans certaines proportions. Cet agent, qui, selon moi, est absorbé plus ou moins facilement par les individus sur lesquels il a été dirigé, excite le mouvement, seconde les forces de la nature, et tend, par conséquent, à éliminer de l'organisme tout principe morbifique. Bien dirigé, il est, certes, le médicament le plus convenable dans un grand nombre de maladies. Cependant, je ne pense pas qu'il soit une panacée, ni qu'il doive anéantir la médecine.

« Je sais aussi que cet agent détermine chez certaines personnes un état analogue au somnambulisme.

« Mais ce que je n'ose accepter encore, ce sont les prodiges qu'on raconte des somnambules. Du reste, j'ignore si vous croyez vous-même, cher docteur, à des faits aussi merveilleux que celui que je vais vous citer, d'après les assertions de quelques magnétiseurs.

— Je vous écoute, dit le docteur.

— Alors, reprit Léon, croyez-vous qu'un somnambule magnétique puisse parler une langue qui lui soit complètement inconnue dans son état de veille?

— Non. J'ai vu, à la vérité, des somnambules répondant aux questions qui leur étaient adressées en une langue quelconque; mais les réponses étaient faites en langue connue de ces sujets. J'en ai vu qui, cherchant à lire dans le cerveau de leur interlocuteur, écorchaient quelques mots d'une langue étrangère pour eux; mais, selon moi, il n'y a jamais dans tout cela qu'une communication de pensées, du directeur au sujet. Remarquez bien toutefois que je ne nie pas la possibilité du fait, de la part de certains individus inspirés de Dieu; mais je ne pense point que le pouvoir humain proprement dit aille jusqu'à faire des miracles.

— Vous croyez donc à cette communication de pensées, de l'un à l'autre ?

— Oui. Il s'établit une relation d'idées entre le magnétiseur et le magnétisé, telle que si l'un et l'autre sont attentifs, ils se comprennent sans se parler. Les deux cerveaux entrent en correspondance, et le même phénomène qu'on a pu voir chez les deux frères Siamois, par exemple, se manifeste plus ou moins parfaitement, selon le degré de sympathie, de sensibilité, d'intelligence. Il est à observer cependant que, dans l'acte magnétique, la réciprocité de communication n'est pas toujours appréciable. Le magnétiseur étant souvent moins isolé que ne l'est le sujet, son sens intérieur est moins parfait, par conséquent moins apte à saisir la pensée de son somnambule.

« Si vous avez magnétisé beaucoup de malades, et que vous ayez étudié vos sensations magnétiques, vous avez dû ressentir, plus d'une fois, les mêmes douleurs que vos patients, dans les parties correspondantes à celles affectées chez eux ; du moins avez-vous dû éprouver certaines sensations qui fussent, pour vous, des signes indicateurs du siége de la douleur, de sa nature, de son degré d'intensité?...

— Cela est certain, interrompit Léon. Il m'est arrivé quelquefois de ressentir sympathiquement des douleurs tellement aiguës, qu'il me fallait cesser de magnétiser, et que ces souffrances persistaient chez moi long-temps encore après la cessation de mon action magnétique.

— Eh bien ! reprit le docteur, si la sensation de la douleur se communique ainsi d'une personne à une autre, pourquoi la communication de la pensée ne pourrait-elle avoir lieu? Est-ce que, de ces deux phénomènes, l'un est plus surprenant que l'autre?...

— Je conviens franchement que non. Vous voyez, docteur, combien vos bontés me sont utiles. La comparaison que vous venez de faire ne m'était pas venue à l'esprit; et, sans doute, les auteurs dont j'ai lu les livres sur le magnétisme, ont négligé de traiter cette importante question. Mais puisque vous voulez bien me permettre d'user de votre complaisance, dont je ne voudrais pourtant pas abuser, dites-moi, je vous prie, comment de telles communications s'établissent.

— Oh! ici, monsieur, vous me poussez jusque dans mes derniers retranchements; et je n'oserais risquer une explication, qui ne vous semblerait peut-être pas satisfaisante.... Vous sentez bien que la chose est grave; à cet égard je ne pourrais que vous donner mes opinions, et je craindrais, je l'avoue, que vous ne les trouvassiez erronées. D'ailleurs, il me faudrait étaler ici toute une doctrine philosophique, et cela serait peu récréatif pour ceux qui nous écoutent. Ce que je puis vous dire seulement, c'est que je n'ai trouvé le moyen d'expliquer ces phénomènes qu'en considérant l'homme comme un être double. Cette duité acceptée, mes explications me semblent devoir satisfaire la raison ; mais si l'on me refusait la partie spirituelle, et qu'on m'imposât de rester dans le cadre des lois de l'organisme, je demeurerais frappé d'impuissance.

— Vous ne pensez pas sans doute, docteur, dit Léon, que je sois matérialiste?... Il me paraît trop clairement prouvé que nous avons une âme, pour songer à ne voir dans l'homme qu'une machine organisée, dépourvue de la plus noble part de son divin héritage.

— Dieu me garde, dit le docteur, d'élever le moindre soupçon sur vos principes. C'est précisément parce que je ne doute pas des sentiments dont vous êtes imbu, que je n'ai pas hésité à vous faire connaître le fond de mes croyances. Au surplus, si vous y tenez beaucoup, je vous donnerai quelque jour cette explication que vous me demandez ; mais à la condition que vous m'éclairerez, à votre tour, sur certaines choses relatives à la science du droit, dont je suis complètement ignorant.

— C'est convenu, dit Léon. »

Alors le docteur se tourna vers sa malade.

« Comment se trouve madame à présent, demanda-t-il à madame de Corigné ?

— Bien, cher docteur, très-bien, beaucoup mieux que je ne l'espérais hier encore. Il me semble aujourd'hui que la maladie a disparu comme par enchantement, et que la santé me pénètre de toutes parts. Aussi, vous devrai-je la reconnaissance la plus profonde, puisque, grâce à vous, bon docteur, je serai, probablement, bientôt guérie d'une affection dont je n'ai pu me dissimuler la gravité.

— Grâce à moi, dites-vous, Madame ; dites grâce à Dieu, en la bonté de qui vous avez eu confiance, et ne m'attribuez point le mérite de votre cure.

— Quel homme excellent vous êtes, docteur, reprit madame de Corigné ; votre modestie, plus grande encore que votre science, double votre mérite. Cependant, permettez-moi de vous faire observer que s'il est de mon devoir de remercier Dieu des faveurs qu'il m'accorde, il n'est pas moins juste que je reconnaisse l'utilité des soins généreux et éclairés que vous n'avez cessé de me prodiguer. Je pourrais ajouter, si je ne craignais d'alarmer votre vertu, que vos paroles sont en contradiction avec vos œuvres, car si la bonté du Ciel devait seule nous guérir, vous et vos confrères seriez gens inutiles. Vos meilleurs conseils ne serviraient de rien, et vous ne seriez que les parasites de la société, ce que je ne crois point.

— J'en demande pardon à madame de Corigné, répondit le docteur, mais elle voudra bien ne pas m'en vouloir de lui rappeler un précepte échappé sans doute de sa mémoire : *Aide-toi*, est-il dit, *Aide-toi et le Ciel t'aidera*. Ce qui signifie, à mon avis : L'homme, obligé au travail par l'ordre de Dieu, ne saurait négliger, sans tomber dans le péché, les moyens que la Providence a eu la sagesse de mettre à sa disposition.

« Or, quiconque a embrassé une profession, doit à ses frères, se doit à soi-même d'exercer son métier, son art ou sa science, avec toute l'application dont il est capable.

« Mais s'il néglige quoi que ce soit d'avantageux, si, en présence des obstacles dressés sur son chemin, il s'abandonne au découragement plutôt que de s'efforcer à les vaincre, il enfreint la loi divine en même temps que la loi sociale.

« L'honnête homme, le chrétien est, vous le savez, Madame, dans l'obligation de se rendre utile autant qu'il le peut.

« La paresse et l'oisiveté enfantant tous les vices, tous les crimes les plus abominables, chacun de nous ne mérite l'estime et la considération qu'en proportion de son travail, de son activité, de ses bienfaits. Celui qui, au contraire, se plaît dans la mollesse, dans le faste des plaisirs, dans l'insouciance des choses, ne doit trouver qu'abandon, honte et mépris ; car il est écrit : « *Tout arbre inutile sera coupé et jeté au feu.* »

« Donc, vous le voyez, je n'ai fait qu'obéir

au devoir le plus sacré, en secondant de mon peu de savoir la volonté suprême. Cependant, il est possible que si vous aviez été privée de tout secours humain, vous eussiez succombé à la maladie dont vous étiez atteinte.

— Je serais désolée de vous causer la moindre peine, bon docteur, dit madame de Corigné; mais, pour mon édification, permettez que je persiste encore à soutenir que votre dernière opinion me paraît être l'antipode de celle que vous avez émise au commencement de notre discussion.

— Veuillez, Madame, reprit le docteur, ne point donner le change à mes paroles, et en peser la valeur : je ne suis ni fataliste ni crédule. Les études médicales, on le sait, disposent peu l'esprit au mysticisme, et l'on voit rarement des médecins assez humbles pour avouer l'infériorité de leur science relativement au pouvoir divin. Par malheur (et le Ciel m'est témoin que je ne voudrais médire de qui que ce fût), la plupart de mes honorables confrères sont trop partisans de la physiologie et trop peu portés à la psychologie. J'en connais, et des plus renommés, qui, après avoir examiné les divers symptômes offerts par un malade, établissent des raisonnements à perte de vue pour trouver le siége de l'affection qu'ils sont appelés à combattre. Ils font, alors que leurs appréciations sont toutes conjecturales, de l'anatomie pathologique trop souvent erronée. Ne tenant pas un compte assez sévère des influences du moral sur le physique, ni, par conséquent, des influences supérieures sur le moral même, ils ont souvent la douleur de voir échouer leurs moyens de traitement, dans des cas dont ils avaient pensé d'abord se rendre maîtres aisément; et l'exploration autopsique des organes vient trop souvent leur démontrer l'erreur du jugement qu'ils avaient porté.

« Mais je me laisse entraîner trop loin... Demain, si cela ne doit pas vous fatiguer, madame, je reprendrai mon plaidoyer en faveur de ma cause au point où je le laisse à présent, et j'ose espérer que, Dieu aidant, les faibles ressources de ma novice éloquence suffiront pour vous ramener à l'opinion que j'ai conçue de la soumission humaine à la toute-puissance du Très-Haut. »

Cela dit, le docteur s'inclina devant madame de Corigné, et fit un mouvement pour sortir.

Léon et Charles, qui avaient écouté silencieusement l'intéressante discussion provoquée par leur mère, se levèrent aussitôt.

Après avoir sonné une femme de chambre, ils donnèrent le bonsoir à madame de Corigné ; puis ils suivirent le docteur qui, les ayant salués, se retira dans sa chambre.

Les deux frères se souhaitèrent une bonne nuit, et chacun se rendit dans son appartement.

Le lendemain, Charles, qui n'avait pas oublié ce dont il était convenu avec Léon, alla trouver son frère et lui annonça qu'il était tout disposé à faire visite à M. Darci.

La matinée était belle, Charles et Léon, après s'être informés de la santé de leur mère, partirent à pied. Chemin faisant, ils tinrent la conversation suivante :

« Que te semble, Léon, demanda Charles, de notre bon docteur?

— Je pense, frère, que le docteur est un homme profond, consciencieux, plein de la grâce de Dieu. Comme médecin, j'aurais en lui toute confiance; comme philosophe, je partagerais probablement toutes ses opinions; comme chrétien, j'approuverais ses convictions et sa façon de les exprimer. En un mot, le docteur est, à mes yeux, dans la voie la meilleure pour arriver à la perfection humaine.

— Je t'avoue, mon frère, reprit Charles, que la discussion d'hier, dont je suis pourtant loin d'apprécier toute la valeur, car il a été employé des termes dont j'ignore la signification ; je t'avoue, dis-je, que cette discussion m'a paru plus rationnelle de la part de notre mère que de celle du docteur. Mais il faut croire que je suis dans l'erreur, puisque toi, dont les lumières sont si supérieures, tu partages les vues de notre médecin.

— Je ne suis point surpris, dit Léon, que tu sois de l'avis de madame de Corigné. Les arguments qu'elle a employés, de bonne foi sans doute, ont quelque chose de spécieux assez difficile à distinguer de la saine logique ; tandis que les raisonnements du docteur, étant du domaine de la haute philosophie, exigent de la part de ceux à qui ils s'adressent, non-seulement une instruction solide, mais encore une attention extrême, dont peu de personnes sont capables.

— Je t'en crois, dit Charles. Cependant j'attends la fin de ces débats avec impatience. Je voudrais que nous fussions déjà après dîner, afin de connaître par quels moyens le docteur arrivera à une conclusion satisfaisante.

— Ce désir de ta part, dit Léon, est certes louable. Je rends grâce au ciel de tes dispositions actuelles, et je prie Dieu qu'il te fasse persévérer dans la voie où tu entres aujourd'hui. Pour moi, je veux, ainsi que je m'y suis engagé hier, ne rien négliger de ce qui est en mon pouvoir pour aplanir autant que possible les difficultés que tu ne manqueras pas de rencontrer, mais dont tu seras vainqueur si tu as foi en Dieu, foi en l'assistance des gens éclairés et consciencieux; foi en tes propres capacités.

« Il y a, as-tu dit, des termes que tu ne comprends pas, qui ont été employés par le docteur? Eh bien! si tu le veux, ce sera le sujet de notre première leçon.

— Que tu me rends heureux, frère, répondit Charles; il semblerait que tu as deviné ma pensée, car j'allais t'adresser la demande dont ton offre me dispense. »

Alors Léon, prenant un à un les mots techniques dont la signification avait pu paraître obscure à son frère, commença son cours d'instruction.

La leçon terminée, les deux frères, approchant du presbytère, se promirent une nouvelle séance pour le jour suivant.

A leur arrivée chez M. Darci, ils furent reçus par leur ancien précepteur qui n'éprouva pas moins de bonheur du changement remarquable de Charles, que des embrassements de Léon.

Sur l'invitation des deux frères de Corigné, M. Darci promit d'aller dîner au château dès que ses occupations lui permettraient de disposer d'une demi-journée et d'y passer la soirée.

Léon et Charles ayant pris congé de lui, s'en retournèrent gaîment.

L'heure du dîner étant venue, madame de Corigné, dont la santé s'était encore améliorée, n'eut besoin que d'un appui pour se rendre à table. L'honneur de lui offrir le bras fut laissé au bon docteur.

Quand on fut revenu dans la chambre de madame de Corigné, le docteur, qui n'avait pas oublié sa promesse de la veille, reprit en ces termes la discussion engagée :

« Je vous disais, Madame, que le médecin le plus éclairé est sujet à errer.

« En effet, il y a des anomalies si bizarres, si insolites, que l'œil le plus pénétrant n'en saurait reconnaître la cause. Bien plus, dans des affections apparemment analogues, chez des individus de tempéraments qu'on est porté à croire semblables, les effets qui résultent de maladies présentant les mêmes caractères, sont tellement différents, tellement variables, que le médecin le plus habile en est complètement dérouté.

« Voilà où nous en sommes de la science tant vantée que nous étudions si péniblement, et qui, je l'avoue, consiste bien plus en un langage énigmatique pour le vulgaire, qu'en des connaissances certaines, positives, infaillibles.

« Mais que vous dirais-je, si j'osais jeter un coup-d'œil sur les diverses routes qui se présentent dans l'art médical, au choix du praticien? que vous dirais-je des écueils innombrables semés sous ses pas mal assurés, lorsque, croyant à l'opportunité, à la valeur relative d'un médicament indiqué, en apparence, par l'école et le temps, il ne trouve que déception, là où il croyait un succès assuré?.....

« Le tableau que j'aurais à vous peindre alors serait trop désolant pour la triste humanité! mieux vaut sans doute laisser sur ces misères le voile de l'illusion; et, puisque la Providence l'a ainsi voulu, exercer avec amour un art conjectural, il est vrai, mais dans lequel l'expérience acquise, d'accord avec la prudence, peut néanmoins rendre d'immenses services, en aidant sans les contrarier les forces de la nature.

« Toutefois je maintiens fermement que Dieu seul peut guérir; et voici pourquoi j'ai cette opinion :

« Les bonnes inspirations nous viennent de Dieu. Cela est incontestable.

« Or, dans la plupart des cas, le médecin consciencieux, instruit, expérimenté, suit l'inspiration qui lui vient au lit du malade. Les prescriptions qu'il fait alors sont souvent contraires à celles indiquées par l'école, du moins sont-elles presque toujours différentes. Malheur au pauvre patient atteint d'une affection aiguë, dont le médecin, esclave des enseignements de la faculté, n'a aucune spontanéité d'action! Là, il n'est pas permis à l'homme de l'art de reculer devant une résolution positive. Ce n'est pas le cas de faire ce que nous appelons de la médecine expectante. Le temps presse, il y a urgence; encore quelques instants d'indécision, et la tombe va devenir l'asile du malade.

« Un trait de lumière vient-il au contraire frapper l'esprit du docteur, il ne s'épouvante pas de l'imminence du danger, il attaque avec vigueur, avec énergie, le mal effroyable dont il a saisi d'un coup-d'œil les causes et les conditions; et l'ouverture d'une veine, une application facile, l'ingestion d'un simple préparé aussitôt, une friction de la main, un rien, pour ainsi dire, voilà l'ennemi vaincu, le malade sauvé!

« Dieu l'a permis, Dieu l'a voulu!

« Malheur au pauvre patient atteint d'une maladie chronique, dont le médecin fainéant ne cherche point à sortir de la routine du mauvais praticien! Là, les études laborieuses peuvent ouvrir l'entendement. L'inspiration, fugace comme la pensée, n'aura pas été saisie au passage, ou bien l'esprit, trop lourd, trop engourdi, n'aura pu la comprendre. En songeant au sujet alors, en interrogeant à force de labeur les écrits précieux des hommes de génie, en se livrant avec bonne foi et conscience à de sérieuses réflexions, en consultant la raison dégagée de tout sot préjugé, on peut espérer que la grâce divine s'étendra jusqu'à nous, et que des moyens nouveaux, suggérés à notre pensée par l'Esprit tout-puissant, rendront à la santé le malade abattu.

« Là aussi l'on devra dire : Dieu l'a permis, Dieu l'a voulu !

« Malheur au pauvre abandonné qu'une affection dite incurable a plié sous son joug, si, suivant les conseils d'un médecin trop prévenu en faveur de sa science, il cesse de chercher le moyen de guérir ! Et, tenez, il me vient en mémoire un exemple à l'appui de mon sentiment; permettez-moi de vous en faire le récit :

Il s'agit d'un enfant que la fièvre consume :
Il ne saurait guérir ; son docteur le présume.
Aux parents, tout en pleurs, il a même annoncé
Qu'aucun espoir ne reste à son zèle empressé.

Tous mes soins, leur dit-il, désormais inutiles,
Seraient pour votre fils complètement stériles;
Nul autre, plus que moi, ne peut sauver l'enfant;
Dans son état cruel notre art est impuissant.
Cela dit, il s'en va. Mais un charlatan passe,
Qui vendait du séné, du pavot, de la casse,
Bien des simples enfin que simples achetaient,
Et qui, par leur vertu, tous les maux guérissaient.
Il annonçait encor un souverain remède
Qu'il tenait, disait-il, du savant Archimède.
Il pouvait garantir parfaite guérison :
Ainsi, qu'on fût frappé du fer ou du poison,
Qu'on ployât sous le joug de certaine atonie,
Qu'on se trouvât saisi de quelque vésanie,
Ou bien qu'on fût atteint du *choléra-morbus*,
Son moyen était bon, jurait-il, *omnibus*.

On le fait appeler. En désespoir de cause
Que ne ferait-on pas?.... Le charlatan se pose,
Et, nouveau SANGRADO, se rengorge en docteur,
S'approche de l'enfant; puis, ridicule acteur,

Promet de le guérir. Avec sa panacée
Il va chasser la mort, dont l'atteinte glacée
A déjà vers le cœur refoulé tout le sang.
Parmi les médecins, lui, tient le premier rang;
Jamais il n'en parut d'une science telle,
Tous devraient se courber sous sa noble tutelle;
Il était le plus grand de notre Faculté,
Et devrait diriger notre Université.
L'omni-science enfin, fort modeste avantage,
Avait été son lot dans le divin partage!

Après avoir vanté tous ses talents divers,
Fait de graves discours, à tort et à travers,
Notre homme, en qui déjà l'on avait confiance,
Verse, en le mesurant d'un œil plein d'espérance,
Dans le creux de sa main, le baume sans pareil,
Imbibe une compresse, arrange un appareil;
Puis applique le tout, avec cérémonie,
Sur le front de l'enfant. Bientôt, à l'insomnie
Succéda le repos vraiment le plus parfait.
Chacun, d'étonnement, demeura stupéfait.

Pendant que du sommeil l'enfant goûte les charmes,
Et que ses bons parents sentent sécher leurs larmes,
Le charlatan, debout, prescrit des potions,
Pratique, avec amour, de douces frictions
Sur les places du corps qu'il croit le plus sensibles.
Après un peu de temps, des spasmes ostensibles,
Précurseurs du réveil, s'étant manifestés,
Le charlatan massa les membres contractés,
Fit cesser la raideur, communiqua la vie
Au malade mourant! La famille, ravie,
En silence admirait les moyens merveilleux
De leur *grand médecin.* C'était miraculeux!
Quoi! l'enfant délaissé, touchant à l'heure extrême,
A leurs vœux est rendu! Par quel pouvoir suprême
Ou par quelle faveur, par quel décret du sort
Cet homme a-t-il dompté les rigueurs de la mort?...
Il nous l'avait prédit. Vraiment c'est un oracle!
Pendant qu'on devisait sur l'auteur du miracle,
Le charlatan cria : « L'instant est arrivé!
« Rendez grâces à Dieu; le malade est sauvé! »

Il ne se trompait point ; après une semaine,
La santé de l'enfant eut repris son domaine.

« Vous le voyez, Madame, continua le docteur, ce pauvre charlatan, malgré ses habitudes de jactance, de vanterie, ne s'attribue pourtant pas le mérite de la cure surprenante qui vient de s'opérer. Il recommande à ceux qui l'environnent de rendre grâces à Dieu, et c'est à Dieu sans doute qu'il reporte la gloire de la guérison à laquelle il s'est appliqué.

« N'y a-t-il pas, en effet, dans cette simple anecdote, toutes les preuves désirables en faveur de mes opinions?

« Un enfant est abandonné par un médecin instruit ; les parents de cet enfant sont plongés dans la douleur. Un charlatan, un saltimbanque vient à passer ; on l'appelle. Il ranime l'espoir de la famille, promet avec audace un succès qu'il espère, qu'il prévoit même peut-être, alors qu'un docteur plus savant avait renoncé à toute nouvelle tentative. Et cependant l'ignorant a vu juste, il a vaincu le mal.

« Ne remarquez-vous donc pas, comme moi, quel singulier concours de circonstances il a fallu pour que la vie de cet enfant fût conservée? Pensez-vous qu'on doive attribuer tout cela à un simple hasard, et ne trouvez-vous pas plus rationnel d'y voir la manifestation de la bonté divine, dont la sagesse infinie prépare les évènements et sait les accomplir.

— D'après cela, docteur, dit madame de Corigné, vous ne devez jamais croire un malade incurable?

— Madame, il est des cas où notre expérience établit un calcul de probabilités qui trompe rarement. Il en est d'autres où l'espoir seul est permis. Pour moi, je ne désespère complètement du salut d'un malade que quand un organe essentiel à la vie est si profondément et si évidemment lésé, qu'il y a impossibilité des fonctions indispensables au maintien de l'existence.

« Bien plus, je ne me retire pas même devant le tableau de la mort. Je sais assez combien de personnes ont eu l'effroyable malheur d'être inhumées vivantes, par erreur de la part de ceux qui les entouraient. Certes, rien n'est plus affreux à penser que les suites d'une mort apparente, et une inhumation ne devrait jamais être permise avant qu'on se fût bien assuré qu'il ne reste plus chez l'individu aucun germe de vie.

« Je ne m'étendrai pas davantage sur ce triste sujet, il y aurait à cet égard trop de choses à dire, trop d'exemples à citer, trop de moyens imparfaits de vérification à critiquer, et probablement, trop d'opposition de la part des savants, si l'on proposait un moyen nouveau de s'assurer de l'état des prétendus morts, sans mutiler les corps, sans en attendre la putréfaction.

« J'ai dit :

« Toutes nos bonnes inspirations nous viennent de Dieu.

« J'ajoute :

« L'Espérance est le meilleur remède aux maux de toutes sortes.

« Il n'est pas besoin, je pense, de commentaires pour vous faire partager cette croyance.

« Ainsi, l'Espérance de la part de celui qui souffre, détermine sa confiance aux moyens employés pour le guérir. L'Espérance de la part du docteur stimule incessamment son activité, son zèle, son désir de bien faire. L'Espérance de la part de la famille, des amis, des serviteurs, les rend attentifs, exacts à suivre les instructions de l'homme de l'art, prompts à recourir à lui au moindre embarras. L'Espérance de la part de tous fournit à l'esprit des ressources inépuisables de consolations et d'encouragement!

— C'est fort bien, cher docteur, dit madame de Corigné. Vos motifs sont si honnêtes, vos vues si morales, vos raisonnements si consciencieux, que quand même on ne voudrait pas se laisser convaincre, on ne pourrait refuser de pencher pour vos opinions. Mais, puisque vous croyez l'Espérance si nécessaire, soyez donc assez complaisant pour nous mettre à même d'apprécier toute la grandeur de cette vertu que, dès long-temps, j'admire comme vous.

— Je veux bien, Madame, essayer de répondre à votre désir. Cependant, permettez-moi de vous faire observer que vous avez de moi une trop haute idée. Je suis docteur en médecine, il est vrai, mais non théologien. Il est donc à craindre que, malgré la pureté de mes intentions, je ne puisse parvenir à vous satisfaire. En tout cas, votre indulgence me rassure.

« Voici comment je comprends l'Espérance :

« L'Espérance est la compagne inséparable de la Foi. C'est la vertu consolatrice dont la bonté divine a pourvu le croyant. Or, celui qui a l'Espérance ne se laisse point abattre par l'adversité; il croit que ses infortunes, ses malheurs, n'auront pas une longue durée, et qu'il trouvera le moyen de les réparer; il croit que Dieu, à qui tout est possible, ne l'abandonnera point aux caprices du sort, qu'il lui viendra en aide et remédiera à tous ses maux; il croit que les haines, les calomnies, les persécutions dont ses ennemis cherchent à l'accabler, seront annihilées, et que les conséquences ne tourneront pas définitivement à son préjudice. Il croit, si quelque maladie vient à s'emparer de lui, et résiste aux remèdes de la médecine, aux moyens connus des hommes, que la puissance divine, le prenant en pitié, lui rendra la santé et le bonheur ; il croit, fût-il dans le péril le plus imminent, que la Providence viendra à son secours et le délivrera du danger.

« Celui qui a l'Espérance croit que les objets de son affection, de son amour, répondront incessamment aux sentiments qu'il a pour eux ; il ne redoute point l'abandon de sa famille, de ses amis, de ceux qui le connaissent. Si quelqu'un des siens est en peine, il emploie avec courage et persévérance tous les moyens possibles pour le secourir, il ne cesse point d'agir de toutes les forces dont il peut s'aider ; si ses enfants, ses amis, ont des torts envers lui, il croit qu'ils reviendront de l'erreur où ils sont plongés, quelle que soit la gravité des fautes dont ils se rendent coupables à son égard. Si la mort vient à frapper ceux qui sont le plus chers à son cœur, il ne se laisse point aller au désespoir, il ne blasphème point en se révoltant contre les décrets de la Providence; il sait se résigner, surmonter sa douleur, et il ne doute pas que l'Être-Suprême, n'ayant pu manquer ni de sagesse, ni de bonté, ne le réunisse un jour, dans un monde meilleur, aux âmes sympathiques à son âme, et que, alors, dans une vie réelle où toutes les illusions de la terre seront tombées, où les joies pures et saintes seront sans mélange, ces êtres trépassés, tendres et doux objets de son religieux amour, ne jouissent, pour l'éternité, du plus parfait bonheur.

« Celui qui a l'Espérance attend, sans le redouter, le moment où il plaira à Dieu de l'appeler à lui, confiant aux trésors célestes dont il va jouir après le trépas.

« Mais il n'a point une espérance fondée, celui qui croit pouvoir commettre volontairement des fautes, même légères, avec l'arrière-pensée d'en recevoir le pardon, ou de les réparer ; car ces fautes ne sauraient être réparées, et le pardon ne serait que très-injustement imploré, puisque le mal aurait été commis avec l'intention du mal.

« Il n'a point l'Espérance celui qui, s'abusant jusqu'à croire que la justice divine est inférieure à la bonté suprême, suppose que les iniquités dont il peut se souiller ne doivent pas lui attirer les châtiments qu'il mérite pour la vie future.

« Il n'a point l'Espérance celui qui, par dégoût de la vie, par manque de courage pour supporter les misères, les infortunes qui l'accablent, a recours au suicide pour se débarrasser d'une existence incommode, dans la persuasion que le bienheureux séjour deviendra son partage.

« Telles sont mes idées, Madame. Dieu veuille que je ne sois pas tombé, par ignorance, dans une hérésie que ma volonté répudie de toutes ses forces. »

La soirée était avancée ; le docteur se leva ; Léon et Charles l'imitèrent ; et chacun se retira dans son appartement, après avoir souhaité une bonne nuit à madame de Corigné.

FIN DU CHAPITRE DEUXIÈME.

LA CHARITÉ.

CHAPITRE III.

Quand le jour fut venu, Charles se rendit chez son frère.

Léon, satisfait d'une telle exactitude, se leva aussitôt.

La deuxième leçon, donnée avec grand soin et écoutée avec une attention soutenue, montra que l'opinion émise la veille par le docteur était de la plus grande justesse.

En effet, Charles, que la Foi et l'Espérance animaient à présent, avait appris plus de choses en trois jours, qu'il ne l'avait fait en plusieurs années. C'est que, sans doute, le temps était enfin venu !

Au bout de quelques semaines il avait fait des progrès si rapides qu'il n'était plus reconnaissable.

Madame de Corigné, au comble de la joie, portait sur son visage l'expression du contentement le plus vrai.

Léon, toujours plein d'amour fraternel, admirait l'ardeur laborieuse de Charles. Le docteur félicitait les deux frères en les encourageant, l'un à continuer l'œuvre méritoire qu'il avait eu le courage d'entreprendre, l'autre à redoubler d'énergie et de travail pour répondre aux enseignements précieux qui lui étaient prodigués avec tant de bienveillance et d'amour.

Pendant que la famille de Corigné marchait dans la voie du bonheur, M. Darci, mandé à l'évêché, y recevait la récompense due à sa conduite pastorale : Monseigneur l'honorait du titre de chanoine.

Le docteur, de son côté, avait adressé à l'Académie des sciences un Mémoire important, qui lui avait valu un prix disputé par une foule d'hommes déjà célèbres.

M. Darci, qui n'avait point négligé de tenir la famille de Corigné au courant de ce qui lui arrivait, écrivit pour annoncer sa prochaine visite.

Un mois s'était à peine écoulé depuis que

Léon et Charles avaient vu leur ancien précepteur, quand celui-ci arriva au château.

Il fut fêté, choyé par tout le monde.

Après un dîner sans étiquette, où madame de Corigné, parfaitement rétablie, se montra aussi aimable que gracieuse, on se rendit au salon, disposé pour la soirée.

« Vous ne sauriez imaginer, monsieur Darci, dit madame de Corigné, combien votre avancement nous a fait éprouver de bonheur.

— Je pense, Madame, répondit le nouveau chanoine, que votre joie a été bien vive et surtout bien sincère; aussi vous remercié-je de toute mon âme, de cette nouvelle preuve d'attachement et de bonté. Je dois vous dire cependant que je crois pouvoir estimer la somme de bonheur que vous a procurée la faveur que j'ai reçue, par ce que j'ai éprouvé aujourd'hui en voyant combien votre famille est heureuse.

— Vous avez vu juste, monsieur Darci, et vous avez remarqué aussi sans doute quelle est la principale cause de cette félicité parfaite dont nous jouissons.

— Je le suppose, Madame.

— Vous avez été surpris probablement des façons actuelles de mon fils aîné?

— Surpris?.... Non, Madame; c'est un sentiment d'admiration profonde qui s'est emparé de moi.

« Je n'ai jamais douté de la bonté divine. Conséquemment, je n'ai jamais cessé d'espérer que M. Charles ne reconnût un jour combien il importait à sa considération, à son honneur, à sa satisfaction personnelle, d'acquérir des connaissances relatives à son rang, à sa naissance, à sa fortune.

« Mon espoir a été bien plus grand, lorsque la visite dont m'honorèrent MM. de Corigné, à l'arrivée ici de M. Léon, vint me montrer les excellentes dispositions de M. Charles. Aujourd'hui, je rends grâce au ciel de voir mon espérance réalisée.

— Vous voyez, Madame, dit le docteur, que Monsieur le chanoine partage mon opinion.

— Si je ne craignais de céder à un mouvement d'orgueil, dit Léon, je prétendrais que si, comme nous l'a enseigné Monsieur le docteur, l'Espérance nous a tous soutenus relativement à mon frère, la Foi nous a incessamment guidés.

— Messieurs, dit le chanoine, votre modestie vous fait oublier la Charité; car sans cette troisième vertu, l'œuvre admirable qui s'est accomplie ne l'eût point été. Si je ne craignais de blesser M. Léon, je dirais qu'en cette occasion, c'est surtout charitable qu'il se montre.

— Mon cher monsieur Darci, dit Léon, ne

me donnez point d'éloge. J ai fait pour Charles ce que Charles aurait fait pour moi, si nos positions eussent été renversées. Quel est donc le frère qui ne s'estime heureux d'obliger son frère?

« D'ailleurs, s'il nous était permis de sonder le fond de nos cœurs, peut-être, hélas! y trouverions-nous moins de dévoûment que d'égoïsme. Il se pourrait que le sentiment dont j'ai attribué la naissance à mon amour pour Charles, ne fût dû, après tout, qu'à une sorte de vanité personnelle. Cependant, telle n'est pas ma propre pensée; mais qui de nous est assez intègre pour pouvoir juger soi-même des véritables motifs secrets dirigeant sa conduite?

— Pourquoi voulez-vous, mon cher Léon, dit le chanoine, essayer de détruire à nos yeux le mérite de votre action.

« Permettez à votre ancien précepteur de

vous faire observer que la modestie, quelque belle qu'elle soit, ne saurait autoriser celui dont elle est la compagne, à rabaisser les plus nobles qualités de l'homme.

« Si vous souteniez un système conforme à ce que vous venez de nous dire, vous iriez de sophisme en sophisme, jusqu'à prétendre que les vertus les plus sublimes ne sont pratiquées que par un égoïsme froid et calculé qui, au fur et à mesure qu'il devient plus complet, pousse son auteur dans la voie du vice et du crime.

« D'où vous pourriez conclure, par exemple, que toute action généreuse n'est due qu'à un calcul de sordide prévoyance.

« Le dévoûment le plus vrai, le plus sincère, l'amour le plus désintéressé, le plus saint, l'abnégation de soi-même la plus absolue, tout cela n'aurait lieu alors que par des motifs blâmables et honteux.

« Ah! vraiment, ce serait nous faire la société bien plus misérable encore qu'elle ne l'est, ce serait nous rendre horribles à nous-mêmes, ce serait nous placer constamment devant un miroir qui nous représenterait comme des monstres épouvantables à nos propres yeux.

— Ne craignez rien, mon bon monsieur Darci. Je me rappelle assez les excellents principes dont vous avez nourri ma jeunesse pour ne point nier la Charité.

— Messieurs, dit le docteur, la question qui se présente est grave; je vous saurais gré de vouloir bien la discuter comme si vos opinions étaient réellement opposées. Pour moi, j'avoue qu'ici même je suis un exemple en faveur de l'égoïsme; car, je ne saurais le nier, ma demande n'a pour but que ma propre satisfaction.

— Je veux bien, dit Léon, cesser pour un instant d'être l'élève soumis et respectueux de

Monsieur le chanoine, pour m'ériger ici en avocat, défenseur quand même d'une cause supposée; si toutefois M. Darci accepte la discussion.

— Volontiers, dit le chanoine. Nous aurons pour juges madame de Corigné, Monsieur le docteur et M. Charles, notre élève commun.

— Ce dont je me félicite, dit vivement Charles.

— Le docteur sera notre président, Messieurs, dit madame de Corigné.

— J'accepte sans façons l'honneur qui m'est offert, dit le docteur, à la condition que je serai simplement l'organe de Madame, que je nomme, si elle le permet, mon premier conseiller.

— Et si M. Charles et moi sommes en opposition, reprit madame de Corigné, refuserez-vous votre avis, et vous rangerez-vous du mien, quel qu'il soit?

— Je désire, Madame, rester neutre dans la décision. Quant au tribunal, je consens à y jouer un rôle passif, mais c'est tout. Au surplus, j'ai une telle idée de votre jugement, que je suis persuadé d'avance de ne point voir M. Charles d'une opinion différente de celle de Madame sa mère.

— Je vous remercie, docteur, dit Charles, de me croire assez de sens pour me soumettre aux vues de madame de Corigné, dont j'estime les qualités d'esprit, autant que je respecte la volonté.

— Monsieur Léon, dit le docteur, nous sommes attentifs à votre plaidoyer.

— Alors, dit Léon, je passe tout préambule, tout exorde ; j'entre sur-le-champ dans la question :

« Oui, il faut en convenir, quelque pénible que cela soit à penser : l'amour de soi, l'égoïsme est le seul moteur des actions humaines.

« Or, toutes les sympathies, toutes les amitiés, toutes les liaisons, résultent des sentiments intéressés, des amours-propres calculés, des passions avides.

« Prenons divers exemples dans diverses conditions sociales, afin de faire toucher du doigt la justesse de notre assertion.

« Un père de famille, riche et considéré, a deux fils : Auguste et Brutus. Celui-ci, disgracié de la nature et d'une stupidité intraitable ; celui-là, doué de toutes les qualités du cœur, de l'esprit et du physique. Il aime ses deux enfants, prétend-il, d'une égale tendresse.

« C'est que, étant l'auteur de l'un comme de l'autre, les convenances sociales l'obligent à protéger également ceux à qui il a donné le jour.

« Ce bon père ne voit que sa justice, son

équité, et il se loue d'avoir assez de force pour résister à la laideur des vices de l'un, à l'attrait des qualités de l'autre, de façon à maintenir l'équilibre de son affection paternelle.

« Cependant ses amis, ses parents, le visitent fréquemment, et tous à l'envi lui vantent les qualités d'Auguste, et lui adressent des condoléances au sujet de Brutus.

« Que c'est malheureux ! lui dit celui-ci. Que vous êtes à plaindre ! lui dit celui-là. Comment se peut-il que ce pauvre enfant soit si mal partagé ! s'écrie un autre. Enfin, toutes les voix se réunissent pour l'accabler de désolation, après avoir chanté à ses oreilles, en faveur d'Auguste, un concert de louanges qui l'avait rendu le plus heureux des hommes. Quelle chute pour lui ! de la joie la plus pure, on le précipite, par une brusque transition, dans le désespoir le plus poignant.

« Le temps s'écoule sans relâche, les enfants avancent en âge, incessamment les visites se réitèrent, les mêmes scènes se reproduisent avec fréquence, l'amour-propre paternel, constamment flatté à l'égard d'Auguste, est froissé sans pitié relativement à Brutus. Enfin, soit pour éviter les ennuis, soit parce que le découragement l'a atteint, soit par dégoût même, notre homme prend le parti de consigner le crétin, ou de l'abandonner aux mains mercenaires de valets qui insultent à son malheur; tandis qu'il prodigue à Auguste les attentions soutenues, les soins délicats, les maîtres célèbres, les sociétés attrayantes, les plaisirs variés.

« Peu à peu il devient l'admirateur de celui-ci, qui flatte son orgueil, tandis qu'il arrive à une indifférence absolue pour celui-là, qui froisse sa vanité.

« De la condition élevée, sautons tout d'un coup à la plus inférieure.

« Un manouvrier, un rustre, a des enfants. Encore au berceau, ces pauvres petits êtres sont en proie aux convulsions, à la fièvre, ils sont malades. Point de médecin pour eux ; cela coûte de l'argent que les enfants ne sont pas encore capables de gagner. Si c'était un bœuf, un cheval, un mouton que la maladie eût frappé, le paysan s'empresserait d'appeler le vétérinaire ; car un mouton, un cheval, un bœuf, cela vaut des écus.

« Mais si les enfants ont le bonheur ou le malheur, comme on voudra, de vaincre le mal et de parvenir à l'âge de six à sept ans, alors le père aura d'eux plus de soins, parce que déjà ils peuvent glaner, arracher des herbes, ramasser des mousses, gagner leur pain ; et que dans quelques années encore, il vendra leur travail.

ou plutôt il les vendra eux-mêmes, pour un temps, afin d'augmenter ses revenus. En un mot, ses enfants seront devenus pour lui des bêtes de somme d'une exploitation lucrative, et la dose d'amitié qu'il aura pour chacun d'eux sera en raison directe des bénéfices respectifs qu'ils lui auront produits.

« Là, je savais une jeune fille, aimable, jolie, vertueuse; elle était aimée, chérie de ses parents. Un garçon digne d'elle vient demander sa main; les parents la lui accordent : le parti convient. La charmante jeune fille, que son fiancé visite souvent, découvre en lui chaque jour quelque qualité nouvelle; bref, elle en est éprise, et lui jure un amour éternel. Les délais fixés par la loi vont être écoulés. A demain la cérémonie nuptiale. Mais dans la soirée, les parents de la jeune fille apprennent que le père du jeune homme vient de se ruiner dans une spéculation. « Adieu le mariage, disent-ils ; cette union n'est plus possible. Jeune fille, cesse d'aimer ton fiancé, il n'a plus de fortune ; il n'est plus digne de toi. Nous t'aimons tant, nous, nous tes bons parents, qu'il n'est plus possible que nous permettions une telle alliance. »

« Le jeune homme est congédié.

« Peu de temps après, la jeune fille tombe malade de chagrin.

« Cela ne sera rien, disent les bons parents ; c'est l'affaire de quelques jours ; le temps est un grand maître qui saura lui faire oublier vite celui qu'elle a cru aimer, mais qui ne saurait plus lui convenir. »

« Et pendant que les bons parents conjecturent à l'aise, la maladie fait des progrès, le marasme arrive, et la pauvre fille succombe dans les angoisses d'une déception cruelle.

« Les parents l'aimaient tant !

« Là, c'est une tendre mère qui, veuve tout récemment, possède un fils unique, digne objet de sa vive affection. Ce fils est beau, superbe, plein des dispositions les plus brillantes. Sa mère ne le condamnera point à la prison d'un collége où ce cher enfant serait mal nourri, mal soigné, exposé aux rigueurs de l'air, à l'intempérie des saisons; non. Elle s'imposera des privations personnelles pour subvenir aux appointements d'un précepteur et payer les leçons de maîtres particuliers, plutôt que de jeter aux vents des tempêtes collégiales l'existence si chère de ce précieux trésor.

« Un prétendant survient. C'est le fils d'un ministre; il est jeune, spirituel, au comble des honneurs. La veuve ambitieuse lui accorde sa main.

« Alors il faut rentrer dans le monde, y paraître avec éclat, faire de dispendieux voyages, acheter de brillants équipages, de riches parures, soutenir enfin avec luxe le rang auquel on a été élevée. Les revenus suffisent à peine, la fortune est menacée. Alors l'enfant, le cher enfant, le trésor adoré est jeté dans une méchante pension de bourgade, loin des joies folles de sa si tendre mère, qui oublie bientôt, auprès de son nouvel époux, le fils chéri dont le parfait bonheur la devait occuper exclusivement.

« Si des faits particuliers nous passions à des faits généraux, et que nous examinassions les œuvres de nos grands philanthropes, de nos moralistes, qui, sous le voile de l'intérêt social, ne visent qu'à un intérêt de parti, de caste ou de corporation, que ne trouverions-nous pas d'abus, de fourberies, de haines, de vanités, de passions mauvaises, de crimes enfin, à l'appui de la proposition principale que nous avons posée comme prémisses, et que, en conséquence des exemples cités, nous nous contenterons de répéter comme conclusion :

« L'égoïsme est le seul moteur des actions humaines. »

— Mon cher élève, dit le chanoine, vous vous tirez merveilleusement d'affaire. Et vraiment, je l'avoue, la simplicité que vous mettez dans vos discours, les citations heureuses que vous faites avec une si apparente naïveté, le peu de charlatanisme oratoire dont vous vous entourez, tout cela est fort dangereux, et ne manquerait pas sans doute de persuader bien des gens.

« Mais je dois combattre votre système.

« Je citerai, comme vous l'avez fait, des exemples à l'appui de mes opinions, et je ne doute nullement que mes motifs ne vous amènent à accepter ma conclusion tout opposée à la vôtre.

« Donc, au contraire de vous, je pose ce principe :

« La Charité, l'amour du prochain, est le seul moteur des actions du Chrétien.

« Or, une foule d'actes que certains esprits attribuent à un calcul de froid égoïsme, sont certainement dictés par la Charité sagement raisonnée.

« Là, c'est une pauvre mère plongée dans la misère la plus profonde, qui, ayant une jeune fille capable de briller sur une scène théâtrale, reçoit des offres d'argent pour abandonner son enfant aux bourrasques d'un monde orageux.

« La bonne mère ne calcule point que d'ici à

demain peut-être, la faim, l'horrible faim viendra la tourmenter affreusement. Elle songe que sa fille, exposée, sans boussole, sans gouvernail, sur une mer semée d'écueils, peut naufrager tristement et se perdre corps et âme à travers les courants perfides de l'immoralité.

« Elle veut, la pauvre femme, guider sa chère enfant dans le sentier de la vertu, et elle songe peu à ses propres jouissances, même à sa propre conservation.

« Dieu, qui lit au fond des cœurs, la récompense de son courage.

« Là, c'est un père de famille possédant une fortune considérable, mais dont le partage entre ses nombreux enfants n'assurera à chacun qu'une médiocre aisance.

« L'un de ses fils est malingre, chétif, peu

intelligent; les autres enfants jouissent de toutes les qualités physiques et morales qu'on puisse désirer; ils peuvent travailler à augmenter leur fortune patrimoniale.

« Le bon père, craignant que celui envers qui la nature a été avare de ses dons, ne puisse se suffire complètement avec une part égale à celle des autres, lui lègue, outre la portion qui doit lui échoir, une somme suffisante pour lui assurer tous les soins nécessaires à l'amélioration de sa santé, aux douceurs de la vie.

« Là, c'est un homme qui n'a d'autres ressources pour subvenir à ses besoins et à ceux de sa famille, que le travail auquel il se livre quotidiennement. Il rencontre un pauvre hère accablé par le malheur. Alors, n'écoutant d'autre voix que celle de sa belle âme, il offre au nécessiteux un asile dans sa maison; il lui prodigue les soins les plus touchants, et sait même s'imposer des privations pour être utile à son semblable.

« Cependant il ne songepoint à une compensation future. Il fait du bien par amour du bien, voilà tout.

« Là, ce sont des parents dont le fils insoumis néglige les conseils salutaires, dépense en folies des sommes exagérées, manque à tous les égards, à toutes les convenances; cependant, au lieu de le chasser impitoyablement, ils redoublent de bonté pour lui, saisissent ses moments de calme pour lui faire des représentations utiles, et parviennent enfin à ramener au bercail cette brebis si long-temps égarée.

« Là, c'est un brave marinier qui, voyant un homme se noyer, n'écoute que son dévoûment, se jette à l'eau, au risque de sa vie, pour sauver celle d'un individu qu'il ne connaît point, et qu'il ne reverra peut-être jamais.

« Je n'en finirais pas, si je devais vous mettre sous les yeux les exemples innombrables d'abnégation de soi, par amour du prochain.

« Quant aux prétentions de mon adversaire relativement aux moralistes actuels, il n'y a, selon moi, qu'un mot à dire : certaines mesures, barbares en apparence, ne sont que la conséquence forcée du désir de l'ordre social.

« Cependant je concède qu'il serait convenable d'aviser à des moyens régulateurs qui fussent plus en harmonie avec la charité chrétienne, et j'ai assez bonne opinion de mes semblables pour espérer que cela se réalisera un jour.

« D'ailleurs, en admettant, si l'on veut, qu'une partie de la faible humanité se laisse aller à l'égoïsme, ce n'est pas un motif suffisant de croire à l'extinction de toute vertu dans le cœur humain.

« Les hommes sont généralement dévoués à leurs frères. Ils ne commettent de mauvaises actions, bien souvent, que parce que les circonstances ou certaines maladies momentanées les y poussent. C'est probablement pour cela qu'un illustre personnage, dont l'habileté diplomatique est encore universellement reconnue, disait long-temps avant sa mort :

« Il faut toujours se méfier de son premier « mouvement ; car il est ordinairement bon. »

« Toutefois, je ne suis absolument ni optimiste, ni pessimiste ; je crois seulement mon semblable porté à l'amour d'autrui plutôt qu'à l'amour de soi, attendu que le premier procure à l'âme des jouissances que le second ne saurait jamais lui faire éprouver.

« En un mot, je crois à la Charité chrétienne chez tout individu digne du nom d'homme, et je n'admets les exceptions, quelque nombreuses qu'elles soient, que comme confirmation de la règle.

« J'ai dit. »

— Permettez-moi de répliquer, dit Léon.

Et il reprit ainsi :

« Je voudrais de tout mon cœur pouvoir soumettre ma raison à la vôtre. J'en éprouverais, certes, un inappréciable bonheur ; mais puisque je me suis engagé dans la discussion, je dois faire valoir ce que m'a appris l'expérience des hommes et des choses, et mettre en usage toute la logique dont je suis capable, afin de persuader nos juges en faveur des opinions que j'ai émises dès le commencement de ce débat.

« Pour vous suivre plus sûrement, je vais résumer vos prétentions.

« Vous dites :

« 1° Les hommes sont naturellement dévoués au bonheur de leurs semblables !...

« 2° La Charité semble être innée chez eux !...

« 3° Leurs mauvaises actions ne sont que le résultat des circonstances ou des maladies !...

« 4° Les mesures barbares ne sont que la conséquence du désir de l'ordre !...

« Examinons ces formules une à une, et voyons si leur réfutation ne découlera pas logiquement de la critique impartiale que nous en devons faire :

« 1° Les hommes sont naturellement dévoués au bonheur de leurs semblables !...

Pour accepter cette proposition, il faudrait ignorer complètement ce qui se passe et chez le sauvage, et chez l'homme civilisé. Suivons seulement ce dernier, depuis son enfance jusqu'à l'âge viril, dans quelques-unes des différentes conditions de la vie où il peut se trouver placé.

« L'enfant, à quelque classe qu'il appartienne, ne compatit aux douleurs d'autrui que tout autant qu'il a déjà acquis un certain degré d'éducation. Dès ses plus jeunes ans, nous le voyons porté à s'approprier tout ce qui le flatte, repousser tout ce qui lui déplaît. Eût-il gros comme une montagne de friandises, de joujoux, qu'il ne donnerait volontiers quoi que ce fût. S'il lui arrive de donner la moindre parcelle de son avoir, c'est qu'il en est dégoûté, ou qu'il est poussé à ce sacrifice par l'espoir d'un avantage quelconque. Mais dites à un enfant, le plus aimable du monde, de se dessaisir d'un gâteau de son goût en faveur d'un camarade, d'un frère même, et vous verrez s'il mettra beaucoup d'empressement à le faire; vous verrez si les traits de son visage n'exprimeront pas la contrariété, alors même que, d'après les antécédents, il aurait l'arrière-pensée d'une récompense postérieure. Qu'un animal lui plaise, il le caressera, le dorlottera, le fètoiera de toutes les façons; mais que la pauvre bête vienne à le contrarier ou à lui déplaire, et il n'hésitera pas à l'immoler à son humeur. Il est trop aisé de faire ces remarques, et beaucoup d'autres, pour qu'il me soit nécessaire d'insister sur ce point.

« L'adolescent, si sa famille est riche, cherche à lui imposer sa volonté, afin de la déterminer à le laisser agir selon ses penchants; avide des plaisirs mondains, il jette l'argent à tort et à travers pour se satisfaire. Mais qu'un malheureux vienne lui tendre une main séchée par la souffrance, ce sera à peine s'il y laissera tomber une faible aumône, encore, bien souvent n'aura-t-il cédé à la prière du pauvre, que par ostentation ou pour se débarrasser d'une demande qui l'importune. Il ne s'inquiète guère de ses frères, s'il en a ; dût-il les priver de la part d'héritage qui leur reviendrait un jour, il ne craindra pas d'usurper sur le patrimoine de quoi alimenter ses passions et se répandre en vaines prodigalités. Si sa famille est dans la médiocrité ou privée des biens de ce monde, il cherche à se soustraire à elle ; il veut travailler pour lui, il ne songe plus qu'à son propre avenir.

« L'homme fait, s'il est célibataire et riche, daignera probablement accorder sa protection à quelque personne sans fortune, et lui faire part de ses libéralités ; mais ce ne sera certainement point par pur dévoûment pour cette personne. La vanité, le besoin d'une société, la satisfaction de soi, cela seulement l'aura poussé Il ne faut pas croire qu'il donne par amour du prochain; non, il donne par amour-propre. Ce n'est pas le bonheur de son protégé qui l'occupe, c'est le sien même. La preuve, c'est que si l'individu venait, pour être plus heureux, à se soustraire à la protection de ce prétendu bienfaiteur, celui-ci le taxerait d'ingratitude, et chercherait probablement à lui nuire par tous les moyens imaginables.

« Si l'homme fait est marié, ce sera bien autre chose. Il tyrannisera sa femme, ses enfants, et élèvera peut-être ses prétentions jusqu'à avoir sur eux le droit de vie et de mort. Cela vous paraît exagéré, n'est-ce pas?... Je le conçois. Cependant, écoutez le récit d'une scène dont j'ai été témoin :

« Pendant mon séjour à Paris, je fréquentais habituellement la maison d'un de mes condisciples, jeune homme d'un commerce fort agréable, plein de franchise et de savoir. Ses parents, d'une politesse exquise envers ses amis, me semblaient posséder les meilleures qualités. Par malheur, l'hypocrisie était le fond de leur caractère; et quand il n'y avait point d'étrangers chez eux, ils tourmentaient incessamment mon pauvre ami par mille reproches non mérités, par les suppositions les plus absurdes. Un jour que je me trouvais à leur insu dans la chambre d'Auguste (c'est le nom de mon ancien camarade), je les entendis, le père surtout, lui adresser des paroles dures, outrageantes

tes, à l'occasion d'une légère dépense qu'il avait faite pour l'achat d'un objet utile. Auguste essuya sans se plaindre la première bourrasque; il chercha même à s'excuser d'un tort qui, vraiment, n'était qu'imaginaire. Mais soit que son amendement ne parût point assez complet à son père, soit que celui-ci sentît renaître cette idée de dépense si contraire à son avarice, toujours est-il qu'il devint furieux contre son fils.

« Monstre que tu es, lui dit-il, tu as donc juré « ma ruine ! Comment ! misérable, tu te permets « de disposer de la fortune de ton père ! Va, scé« lérat, tu mourras dans un bagne ! je te donne « ma malédiction !

« Auguste, humilié sans doute plus à cause de ma présence que par l'injuste apostrophe de son père, ne put contenir son indignation; il répliqua fermement que si pareille scène se renouvelait à l'avenir, il fuirait le toit paternel.

Il ajouta qu'il était las de supporter la tyrannie de parents égoïstes, et que, désormais, il entendait agir à sa guise, puisqu'il avait atteint l'âge de majorité.

« Le père, loin de se calmer, s'exaspéra encore, et se répandit en propos de plus en plus insultants.

« Drôle, criait-il de toute la force de ses pou-
« mons, coquin, tu veux raisonner ; tu veux me
« quitter, moi à qui tu dois le jour, moi qui ai
« tant fait de sacrifices pour ton bonheur. Sais-
« tu bien que j'ai le droit de te briser les os ;
« tiens, ne me pousse pas à bout, car je te
« broierais sous mes pieds. »

« Et en achevant ces mots, il appliqua à Auguste le soufflet le plus brutal.

« Comme je craignis alors que mon ami ne se laissât aller à un mouvement de colère qui eût pu le compromettre, je passai de sa chambre sur le lieu de la scène. Là je me permis d'adresser quelques observations au père et au fils; mais si je parvins à calmer celui-ci, je n'eus pas le même bonheur quant à celui-là. Il continua ses vociférations, ses menaces; toutefois il ne frappa plus.

« Auguste, que ma présence occupait sans doute, écoutait, d'un air respectueux, les propos insensés de son père. Il le laissa épuiser sa verve insultante; puis, d'un ton sévère et digne, il lui parla ainsi :

« Mon père, écoutez-moi, je vous prie. Ne « craignez point que je m'écarte du respect que « je vous dois. Je suis calme, soyez de même. « Je veux vous parler le langage de la raison, « ne refusez pas de l'entendre.

« Vous venez de me frapper au visage, et « Dieu m'a donné le courage de supporter cet « affront, sans que l'idée de lutter contre vous

« me soit venue; mais, je vous en supplie, ne me « mettez jamais à une pareille épreuve, car, je le « sens, ce serait le signal d'un grand malheur et « pour vous et pour moi. Tant que je n'étais qu'en- « fant, j'ai subi vos rigueurs sans me plaindre. « Aujourd'hui, je suis homme, et je ne dois plus « accorder à personne, pas même à vous, le « droit de m'outrager. Depuis le jour de ma « naissance, jusqu'à celui où s'est accomplie ma « vingt-unième année, vous n'avez fait pour moi « que ce que vous avez bien voulu faire. La loi hu- « maine, sans parler de la loi divine, vous impo- « sait l'obligation de me loger, de me nourrir, de « me vêtir, de m'instruire, selon votre position de « fortune. Si je vous dois de la reconnaissance, « c'est pour ce que vous avez fait en ma faveur « depuis l'époque de ma majorité, mais pour « cela seulement. Sachez qu'en me donnant « l'existence vous m'avez fait un assez triste

« cadeau, et que tous vos soins, eussent-ils été « centuplés, ne seraient pas pour moi une com- « pensation suffisante. Si je suis ici-bas, sur cette « terre de tribulations, ce n'est point ma faute, « mais la vôtre; et je me fusse bien passé « du présent que vous m'avez fait. Ainsi, les « parents se doivent tout entiers à leurs enfants; « ceux-ci ne doivent à leurs auteurs que ce qui « leur est prescrit par ce commandement : « *Tes* « *père et mère honoreras.* » Pour moi, je vous « honore, et vous honorerai toujours; mais je ne « consentirai point pour cela à subir tous vos ca- « prices, vos emportements et vos violences. »

« Ce discours, de la part d'Auguste, parut étrange à son père. Cependant son humeur était plus calme, il ne répondit que ces deux mots : « Pars donc ! »

« Auguste me fit un signe, et nous sortîmes ensemble.

« J'ai su depuis qu'un ami lui avait fourni l'argent nécessaire pour achever ses études de droit, qu'il était devenu avocat, qu'il s'était distingué, et que son père, stimulé par la vanité, *lui avait pardonné ses torts.*

« 2° La Charité semble être innée chez eux !...

« Je ne pense pas que cette deuxième proposition soit plus probable que la première. Si quelques individus sont charitables, il faut reconnaître que c'est l'exception, et encore pourrait-on, je crois, contester bien souvent le mérite de leurs œuvres.

« Selon moi, la Charité, cette vertu que nos moralistes préconisent au-dessus de toutes les autres, n'est presque jamais parfaite chez l'homme. J'ai connu des gens qui, faisant apparemment abnégation de leurs propres intérêts, manifestaient un dévoûment sublime, incroyable même, envers des étrangers. Mon admiration pour ces gens était extrême. Cependant, quelque temps après j'appris avec douleur que les manifestations de bienfaisance avaient eu uniquement pour but de cacher une spéculation infâme, des projets monstrueux, des machinations infernales dont était victime celui-là même sur qui les prétendus bienfaits avaient tombé le plus directement.

« C'est encore l'égoïsme qui pousse à l'hypocrisie une foule de personnes dont les turpitudes cherchent à se cacher sous le manteau sacré de la plus rare vertu !

« 3° Leurs mauvaises actions ne sont que le résultat des circonstances ou des maladies !.....

« Je ne saurais accepter cette troisième proposition, non plus que les deux premières ; car il m'est impossible d'admettre que l'homme, s'il est foncièrement honnête, se laisse aller aux circonstances ; je n'admets pas davantage qu'il soit sous l'influence fâcheuse de quelque maladie toutes les fois qu'il fait le mal.

« Quant aux circonstances, je veux bien reconnaître leur influence sur certaines organisations ; cependant, l'homme vertueux ne cède point à cette influence.

« Mon adversaire sait mieux que moi les nombreux exemples qui se trouvent dans les écritures saintes, à l'appui de ce que je soutiens. Les menaces, les persécutions, le martyre, n'ont point ébranlé dans leur foi ces hommes pleins de l'amour divin, dont les noms respectables sont arrivés jusqu'à nous !

« Si je me demande quelles circonstances poussent un épicier à me vendre du plâtre pour du sucre ; un boulanger à mêler du sulfate de baryte à la farine dont il fait le pain qu'il me vend ; un boucher à me compter 900 grammes pour 1 kilogramme de viande; un marchand de vin à me livrer pour vin pur de l'alcohol étendu d'eau, mêlé de teinture et de substances nuisibles à la santé; un crêmier à me fournir au lieu de lait de l'eau amidonnée ou étendue de cervelle de cheval délayée; je ne puis me répondre que par ces mots: Les individus qui falsifient, fraudent, trompent ainsi, sont des empoisonneurs, des fripons fieffés qui, à cause de leurs malversations, mériteraient d'être sévèrement punis. Mais je n'accorde point que telle ou telle circonstance pousse ces misérables à commettre quotidiennement de semblables actions. Ce qui les y engage, c'est la soif du gain, le désir immodéré de s'enrichir, sans aucune considération autre que l'égoïsme; aussi voyons-nous chaque jour des gens de cette façon étaler des fortunes prodigieuses, construire des palais magnifiques, acquérir des terres princières et léguer des millions en dot à leurs enfants.

« Pour trouver innocents de tels individus, il me resterait donc à admettre qu'ils sont en proie aux tourments de quelque maladie. Alors, ce serait une affection bien contagieuse, une véritable épidémie, pire que la peste noire et le choléra-morbus ensemble. Mais comme ces gens-là me semblent tous en assez bonne santé, je refuse de croire à leur prétendue douleur, tout comme à leur probité.

« 4° Les mesures barbares ne sont que la conséquence du désir de l'ordre!...

« Quant à cette dernière proposition, je la repousse de toutes mes forces.

« Le désir de l'ordre est un sentiment fort louable; et Dieu me garde de jamais prêter les mains à l'anarchie, en quelque circonstance que ce soit. Mais prétendre que ce désir peut conduire à la barbarie, est, à mon sens, une très-grande erreur.

« La nourrice qui frappe le pauvre enfant criant dans son berceau, agit-elle par désir de l'ordre?...

« Le pédagogue qui châtie ses jeunes écoliers à coups de férule, qui les force de se tenir des heures entières dans des postures insoutenables, qui leur arrache des poignées de cheveux pour quelque peccadille de rien, agit-il par désir de l'ordre?...

« Le geôlier de prison, qui charge de fers et jette dans un cachot humide et infect des malheureux qui n'ont d'autre tort, bien souvent, que celui de lui déplaire, agit-il par désir de l'ordre?

« Le procureur du roi qui, se rendant indigne de sa noble mission, fait traîner en justice et flétrir comme criminels des gens irréprochables, dont la probité lui est démontrée, cela dans le but de satisfaire une haine personnelle, de servir ses projets ambitieux, agit-il par désir de l'ordre?...

« Le juge qui condamne aux peines les plus affreuses un homme dont il sait pourtant l'innocence, agit-il par désir de l'ordre?...

« Le médecin qui se plaît à torturer un malade pour satisfaire une vaine curiosité, en se livrant à des expériences coupables, agit-il par désir de l'ordre?...

« Les hommes qui infligent à leurs semblables, malheureux ou malades, des peines telles que la mort la plus horrible en est l'inévitable conséquence, agissent-ils par désir de l'ordre?. .

« Hélas! non.

« Il faut, quoi qu'il en coûte à la délicatesse, reconnaître cette éternelle vérité :

« Celui qui possède la force et la puissance

en abuse presque toujours pour opprimer le faible, et l'exploiter à son profit.

« En conséquence, je persiste dans ma conclusion. »

M. Darci, qui avait suivi Léon avec une attention soutenue, répliqua à son tour :

« C'est avec un profond sentiment d'affliction que j'ai entendu mon contradicteur faire en quelque sorte l'apologie des plus pernicieuses doctrines. Comme je le disais en terminant tout-à-l'heure, je ne saurais admettre les exceptions, quelque nombreuses qu'elles soient, que comme confirmant les règles générales. Eh bien ! mon adversaire, malgré tout son talent d'avocat, n'a su m'opposer que des exceptions, qu'il a feint sans doute de vouloir établir comme règles positives.

« Et d'abord, a-t-il résumé juste ce que j'ai eu l'honneur de dire?... Je pourrais le contester. Cependant, ne redoutant point que la décision qui va être rendue par nos juges soit contraire à mes vues, j'accepte ce résumé tel qu'il a plu à mon antagoniste de le faire, et je dis :

« Il n'est rien de plus commun que de voir des enfants, quelle que soit leur origine, offrir et donner gaîment ce qui est en leur possession. J'en ai vu se priver même des choses dont ils avaient besoin pour obliger leurs camarades, leurs amis. L'enfant, on le sait, manque de jugement, de prévoyance, parce que l'expérience ne lui a pas encore appris, à lui, nouveau-venu dans ce monde, à établir des comparaisons propres à l'instruire de ce qui est le plus convenable; mais, un sentiment secret, dû à la sagesse de la Providence, l'avertit, en quelque sorte, de ses devoirs, et il est rare qu'il s'en écarte. Je n'entends pas dire pour cela que l'enfant ne se laisse pas aller souvent aux caprices de sa faiblesse, de son ignorance des choses; cependant, il se montre foncièrement bon, et quiconque aura touché son cœur, éprouvera les effets de sa générosité native. Ne voit-on pas fréquemment de tout jeunes enfants verser des larmes bien sincères à l'occasion d'une peine, qui ne les aura pourtant point frappés directement, mais dont un ami sera affecté? Ne remarque-t-on pas leur sensibilité touchante, leur compassion sincère pour tout être souffrant manifestement?... Et N.-S. Jésus-Christ ne les considère-t-il pas lui-même comme le symbole de l'innocence, lorsqu'il dit ces saintes paroles : « Laissez là ces enfants, et ne les empêchez pas « de venir à moi; car le royaume des cieux est « pour ceux qui leur ressemblent. »

« Permettez-moi de vous citer quelques traits

dont j'ai eu le bonheur d'acquérir les preuves :

« Pendant le rude hiver de 1829 à 1830, deux enfants de ma paroisse trouvèrent, blotti près d'une haie, un pauvre petit ramoneur à moitié couvert de neige et presque mort de froid. Aussitôt les deux enfants, dont l'éducation était encore pour ainsi dire nulle, se mirent à frictionner le malheureux, à le réchauffer de leur haleine. Après l'avoir tiré de l'état d'asphyxie où il se trouvait, ils le conduisirent, en le soutenant, jusqu'à la maison des parents de l'un d'eux, où je me trouvais, et où le ramoneur reçut tous les soins que réclamait sa position.

« N'est-ce pas là un exemple de Charité vraie?..

« Il y a quelques mois, un de mes paroissiens, ivre de vin et d'eau-de-vie, se portait envers sa femme aux actes de la brutalité la plus indigne.

Cet homme, habituellement doux et bienveillant, était devenu fou sous la funeste influence des boissons alcoholiques dont il avait fait excès, et, bien que sa femme ne lui fît aucun reproche, il était passé du calme apparent à la menace, de la menace aux coups. La pauvre femme, dont les cris douloureux ne faisaient qu'exaspérer encore son mari, allait probablement être assommée, quand le plus jeune de ses enfants, âgé de trois ans seulement, vint se jeter au devant d'elle comme pour lui servir d'égide, de bouclier, et supplier son père de ne frapper que sur lui, à qui le moindre coup eût arraché la vie. Cet acte de dévoûment calma comme par enchantement la colère insensée du père de famille, dont la conduite est restée irréprochable depuis lors.

« L'an dernier, un jeune écolier du petit séminaire de Poitiers eut le malheur de perdre son père, seul et unique soutien de son enfance. Dès que ses camarades connurent ce fâcheux évènement et eurent appris qu'il restait sans ressources, ils s'empressèrent unanimement, sans aucune provocation de la part de leurs maîtres, d'offrir à M. le Supérieur de subvenir aux frais de la pension de leur condisciple, en laissant chacun sur la petite pension hebdomadaire qu'ils recevaient de leurs parents, un dividende proportionnel, de manière à atteindre le but proposé.

« Cela n'est pas un fait individuel dû à un enfant isolé, c'est un acte de charité conçu et exécuté soudainement par tout un séminaire.

« Vous avez parlé des adolescents et vous avez cité l'exemple, heureusement peu commun, d'un jeune insensé, comme devant faire règle pour la généralité. Cependant, les adolescents sont encore si près de l'enfance qu'ils en conservent en quelque sorte la naïveté et le bon cœur. Combien ne voit-on pas de jeunes gens faire abnégation de leur propre vie pour rendre service à leurs parents, à leurs amis, même à des étrangers ?... Est-il rare de voir un cadet de famille, peu riche, s'engager volontairement comme soldat, afin de conserver à ses parents les secours qu'ils reçoivent de leur fils aîné?.... Est-il rare de voir un jeune homme soutenir, par son seul travail, ses frères puînés et sa pauvre mère en veuvage?.... Est-il rare de voir une jeune fille consacrer sa vie à l'amélioration du sort d'un père infirme, d'aïeux impotents?.... Oh! non, grâce à Dieu, tout cela n'est pas rare. Il est certain que si je ne craignais d'abuser de la bonté de ceux qui m'écoutent, je pourrais citer en faveur des sentiments de l'adolescence des exemples nombreux, dont j'ai personnellement connaissance.

« Quant à l'homme fait, je ne consentirai jamais à ne voir en lui qu'un être pervers et égoïste. Je reviens encore à cela, que nous ne devons point prendre les exceptions pour la règle.

« On a dit tout-à-l'heure que le célibataire riche se faisait souvent le protecteur *apparent* de certains individus, mais qu'au fond il ne cherchait qu'à se satisfaire. Cependant, nous voyons chaque jour des célibataires adopter, pour les faire élever convenablement, des enfants dont les parents ne pouvaient prendre soin, des vieillards accablés de souffrances, et des adultes frappés par le malheur !

« Nous les voyons encore inscrire leurs noms en tête des souscriptions ouvertes dans le but de soulager les victimes des grandes calamités !

« Nous les voyons enfin partager sagement les biens qu'ils possèdent avec ceux que presse la misère !

« Je ne veux pas parler ici de toutes ces fondations d'établissements de bienfaisance, où le pauvre trouve un asile et du pain.

« Je ne dirai pas combien d'hommes généreux ont institué à leurs frais des prix d'encouragement, de récompense, afin d'exciter les cœurs à la pratique de la vertu.

« Mais il me sera bien permis, sans doute, de faire remarquer, en passant, que les grandes infortunes ne restent presque jamais sans de grands secours de la part même de personnes peu aisées, gagnant à la sueur de leur front le denier qu'elles déposent dans le tronc de la veuve, de l'orphelin, de la victime de quelque désastre!

« Arrivons à l'homme marié (car il me faut à mon tour suivre mon adversaire, afin de le réfuter complètement). L'homme marié, a-t-on prétendu, est le tyran inévitable de sa femme et de ses enfants. — En vérité, une telle prétention ne saurait avoir le moindre fondement. Quoi! le père de famille qui s'applique de toutes ses forces à augmenter, par son économie bien entendue, l'héritage qu'il doit laisser à ses enfants, qui donne les plus grands soins à ses affaires pour rendre à sa compagne le chemin de la vie plus facile, plus agréable, cet homme est un tyran!.... Le travailleur, l'ouvrier, qui n'a souvent d'autre joie que celle qu'il trouve au sein de sa famille, dont tous les instants sont consacrés au bonheur des siens, qui sue jusqu'au sang pour apporter à sa ménagère le salaire quotidien, cet homme aussi est un tyran?.... Ah! il n'est personne au monde qui puisse admettre un tel système!

« Mon adversaire, on se le rappelle, a cité, pour appuyer ses prétentions incroyables, l'exemple d'un père brutal et avare à l'égard d'un fils non moins irrespectueux; mais de telles scènes sont-elles donc bien fréquentes, et y a-t-il beaucoup de gens assez immoraux pour les provoquer?.... C'est ce que je ne crois point; loin de là, je pense que des faits si honteux répugnent trop à l'homme de bon sens pour qu'il s'en produise un grand nombre.

« Passant à cette formule : « La Charité semble être innée chez l'homme, » on n'a rien trouvé de mieux à y opposer qu'un fait isolé que renverseraient trop aisément mille faits contraires dont je pourrais vous faire le récit. Je concèderai, si l'on veut, que beaucoup de personnes ignorent ou méconnaissent cette vertu ; mais la majorité sera néanmoins en faveur de mon opinion.

« Puis, à propos de la troisième formule : « Les mauvaises actions ne sont que le résultat des circonstances ou des maladies, » on est venu dire que certains individus se livraient à un commerce illicite en faisant des falsifications coupables. Je ne veux pas nier cette assertion de mon antagoniste. Seulement, je dois lui faire remarquer que la loi fût-elle impuissante à réprimer de tels abus, ce ne serait pas un motif pour croire tous les commerçants capables de se livrer à de semblables opérations. Il est malheureusement vrai que, dans toutes les classes de la société, on peut rencontrer l'improbité, la fraude, le mensonge, les vices les plus affreux; mais, je le répète encore, la mauvaise foi n'est le partage que de la grande minorité.

« Enfin, quant à la dernière formule : « Les mesures barbares ne sont que la conséquence du désir de l'ordre », mon adversaire a essayé d'établir qu'elle ne pouvait être applicable en général. Toutefois, il n'a pas pris garde que le cercle erroné dans lequel il n'a cessé de tourner depuis le commencement de cette discussion est toujours le même. Ce sont toujours des particularités, des exceptions qu'il veut ériger en généralités, et c'est là où il se trompe fort. Au surplus, à cet endroit, qu'on veuille bien se rappeler ce que j'ai dit dans la première partie de mon plaidoyer; et j'ose croire qu'on ne refusera pas de m'accorder gain de cause. »

Sur un signe de madame de Corigné, Charles et le docteur se rapprochèrent d'elle, et après une courte délibération à voix basse, le docteur prononça la décision suivante :

« Considérant que s'il se trouve dans la société des individus égoïstes et vicieux, il est néanmoins prouvé par l'expérience que la vertu n'est pas exilée de la terre;

« Que si l'histoire a consigné des faits dont la réalité semble démontrer la perversité humaine, elle en fournit aussi qui démontrent la noblesse de ses sentiments;

« Que si dans les grands mouvements politiques des peuples, les masses se sont laissées aller trop souvent à des actes violents et criminels (qui, d'ailleurs, pourraient être attribués à une sorte de fièvre contagieuse), elles ont, souvent aussi, donné des preuves de clémence et de générosité;

« Que si l'amour du prochain n'est pas réellement le partage de la majorité des hommes actuels, le Christianisme tend incessamment à le leur inspirer, et doit nécessairement les conduire à se convaincre que le bonheur véritable ne peut être que dans la Charité;

« Que la majeure partie de l'humanité marche forcément, suivant les desseins du Tout-Puissant, vers la lumière céleste;

« Que si notre sainte religion nous enseigne que Dieu est infiniment miséricordieux, il ne nous est permis ni d'en douter, ni de juger nos frères contrairement à cet esprit de Charité dont le Seigneur est le plus parfait modèle :

— Par ces motifs, nous disons que Monsieur le chanoine a gain de cause. »

Léon s'empressa de reconnaître que ses sophismes ne pouvaient faire prévaloir un système pernicieux contre une doctrine consolante, dont il n'avait cessé d'être foncièrement l'ami consciencieux.

« Mon cher monsieur Darci, dit Charles de Corigné, puisque vous nous avez parlé de la Charité, seriez-vous assez bon pour nous définir cette vertu adorable qui, je le conçois, doit nous diriger dans toutes nos actions?

— Avec grand plaisir, répondit le chanoine :

« La Charité est la vertu complémentaire de la Foi; c'est l'amour de Dieu et du prochain. C'est elle qui ravive l'Espérance, l'étend et la soutient.

« Or, celui qui a la Charité *ne fait jamais à autrui ce qu'il ne voudrait pas qu'il lui fût fait à lui-même*. Il est bienveillant pour tout le monde, humble dans ses manières; il fait en sorte de mettre ses discours, ses actes, à la portée des intelligences inférieures; il est pacifique, indulgent pour les fautes d'autrui; il pardonne aisément les torts qu'on a eus envers lui; il est affectueux dans ses relations sociales, modeste dans ses habitudes, simple dans ses goûts.

« Celui qui a la Charité ne commet point d'actions mauvaises; il ne cherche point à s'emparer du bien d'autrui; il ne calomnie point; il ne médit point davantage; il ne désire pas les plaisirs impurs; il ne tente pas d'abuser de la faiblesse de ceux qui se confient à lui.

« Celui qui a la Charité ne saurait être ni paresseux, ni gourmand, ni luxurieux; car la paresse, la gourmandise, la luxure, sont des vices affreux, en opposition avec le sentiment de philanthropie dont toute âme charitable est pénétrée. Il ne dérobe point; il n'est ni querelleur, ni malicieux en aucune façon ; il supporte avec patience les injures, les outrages dont les méchants le veulent couvrir ; il se dévoue volontiers dans les circonstances dangereuses pour ses frères ; il ne recule point dans les occasions où quelque fléau, comme la peste, vient à désoler la société; au contraire, il marche au milieu du danger pour se rendre utile aux autres, et les sauver, si cela est possible.

« Celui qui a la Charité ne donne point par ostentation, mais humblement et en secret ; il ne jette point à tout venant les aumônes qu'il peut faire ; il cherche à s'assurer qu'elles seront bien placées ; car, par malheur, il est des gens qui demandent, pour satisfaire à des passions honteuses ; d'autres, par avarice et pour thésauriser. Il n'attend pas que les nécessiteux, les pauvres véritables, viennent lui mendier quelques secours ; il recherche de telles gens, s'applique à connaître leurs besoins, et les soulage autant qu'il le peut, de façon cependant à ne pas les blesser.

« Celui qui a la Charité ne suppose point que son frère ait de mauvaises pensées ; il ne juge point, sur des apparences souvent trompeuses, les intentions d'autrui ; il ne condamne point les opinions opposées à celles qu'il a lui-même; il ne sévit point d'abord contre les fauteurs égarés par l'ignorance, les besoins matériels, la maladie ou le mauvais exemple.

« Celui qui a la Charité ne prête point l'oreille aux discours scandaleux, aux propos malhonnêtes, aux obscénités d'aucune sorte. Il évite avec soin de prendre part à ce qui peut nuire à autrui ; il s'oppose même à toute tentative injuste dont il est prévenu, et il ne néglige rien pour le triomphe de l'équité, de la morale et de la religion.

« Au surplus, mon cher Charles, tout ce que je pourrais vous dire sur la charité serait bien moins éloquent, bien moins persuasif, que ces remarquables paroles de saint Paul aux Corinthiens :

« Quand je parlerais toutes les langues des
« hommes, dit l'apôtre, et le langage des anges
« même, si je n'ai point la Charité, je ne suis
« que comme un airain sonnant, et une cym-
« bale retentissante.

« Et quand j'aurais le don de prophétie, que
« je pénètrerais tous les mystères, et que j'au-
« rais une parfaite science de toutes choses;
« quand j'aurais encore toute la Foi possible,
« jusqu'à transporter les montagnes, si je n'ai
« point la Charité, je ne suis rien.

« Et quand j'aurais distribué tout mon bien

« pour nourrir les pauvres, et que j'aurais li-
« vré mon corps pour être brûlé, si je n'ai
« point la Charité, tout cela ne me sert de rien.

« La Charité est patiente, elle est douce et
« bienfaisante; la Charité n'est point envieuse,
« elle n'est point téméraire et précipitée, elle
« ne s'enfle point d'orgueil;

« Elle n'est point dédaigneuse, elle ne se pi-
« que et ne s'aigrit de rien, elle n'a point de
« mauvais soupçons;

« Elle ne se réjouit point de l'injustice; mais
« elle se réjouit de la vérité;

« Elle supporte tout, elle croit tout, elle
« espère tout, elle souffre tout.

« La Charité ne finira jamais; les prophéties
« n'auront plus lieu; les langues cesseront et
« la science sera abolie;

« Car ce que nous avons maintenant de
« science et de prophétie est très-imparfait;

« Mais lorsque nous serons dans l'état parfait, « tout ce qui est imparfait sera aboli.

« Quand j'étais enfant, je parlais en enfant, « je jugeais en enfant, je raisonnais en enfant; « mais lorsque je suis devenu homme, je me « suis défait de tout ce qui tenait de l'enfant;

« Nous ne voyons maintenant que comme en « un miroir, et en des énigmes; mais alors « nous verrons Dieu face à face. Je ne connais « maintenant Dieu qu'imparfaitement; mais « alors je le connaîtrai comme je suis moi-même « connu de lui.

« Maintenant ces trois vertus : la Foi, l'Es- « pérance et la Charité, demeurent; mais entre « elles la plus excellente est la Charité. »

On pourrait, ajouta M. Darci, résumer la Charité par ce peu de mots:

« Aimer son prochain comme soi-même; car « qui aime son prochain aime Dieu ; et qui aime « Dieu, ne saurait s'écarter du juste, du vrai, ni « du beau! »

CONCLUSION.

« Je vous remercie, dit Charles, mon cher monsieur Darci. Cette leçon ne sera pas perdue pour moi, je vous le promets.

« Si, dans mon enfance, j'eusse eu le bonheur de posséder la grâce nécessaire à l'intelligence de vos excellents enseignements, je serais aujourd'hui, je le sens, bien supérieur à ce que je serai jamais.

« Cependant, je m'estime heureux que Dieu

m'ait accordé les faveurs dont je suis comblé depuis quelque temps.

« Je crois avoir saisi maintenant le divin secret du bien réel. Ce secret est, sans doute, la connaissance des vertus théologales, de ces vertus sublimes qui m'apparaissent aujourd'hui comme le symbole de la sainte et mystérieuse Trinité :

« La Foi étant une comme Dieu le Père;

« L'Espérance étant une comme Dieu le Fils;

« La Charité étant une comme Dieu le Saint-Esprit;

« Et ces trois vertus étant distinctes comme les trois personnes en Dieu; l'une n'étant pas l'autre, et ne pouvant être, cependant, les deux dernières sans la première.

« Ainsi, l'Espérance et la Charité ne seraient pas parfaites sans la Foi.

« La Foi, l'Espérance et la Charité se réunissent dans la Grâce.

« Permettez-moi donc, vous tous mes excellents amis, de vous témoigner ici ma reconnaissance bien sincère.

« A ma bonne mère, qui n'a jamais cessé de veiller sur moi, et qui, par ses conseils incessamment réitérés, m'a empêché de tomber jusqu'au dernier degré de l'abrutissement où je marchais avec une complaisance funeste;

« A mon bien-aimé frère qui, par pure affection pour moi, a travaillé de toutes ses forces à me mettre sur la route du bonheur, que l'instruction et la vertu seules peuvent assurer à l'homme;

« Au bon docteur, dont les sages discours, les attentions délicates, les remarques bienveillantes, m'ont été si avantageuses;

« A vous, mon digne précepteur, qui n'avez jamais négligé la moindre occasion de m'être utile et agréable;

« A vous tous, je dois d'avoir ouvert les yeux

à la lumière. J'en garderai un souvenir éternel!

« Que Dieu, qui, dans sa miséricordieuse bonté, a permis que je sortisse de l'erreur où j'étais plongé, daigne me maintenir dans les sentiments nouveaux dont je suis animé, et qu'il vous ait tous et toujours dans sa sainte et digne garde ! »

Tout le monde, d'une voix unanime, dit cordialement : AMEN !

FIN.

Paris.—Imprimerie de E.-B. DELANCHY, faub. Montmartre, 11.

OUVRAGES DE L'AUTEUR :

TRAITÉ THÉORIQUE ET PRATIQUE DU MAGNÉTISME ANIMAL, ou Méthode facile pour apprendre à magnétiser, avec cette épigraphe : « C'est un devoir pour moi d'exposer les vérités dont j'ai la certitude, sans m'inquiéter du jugement des incrédules » (DELEUZE.)

Cet ouvrage se divise en trois parties : 1° Précis historique du Magnétisme, depuis Mesmer jusqu'à 1840 ; 2° Leçons théoriques et pratiques de Magnétisme, enseignant l'art de diriger les somnambules, ainsi que les traitements médico-magnétiques ; 3° Faits, observations et considérations, pour l'instruction des magnétiseurs encore peu expérimentés. Un vol. in-8° de 568 p. Germer-Baillère, libraire-éditeur, rue de l'École-de-Médecine, 17.— Paris, 1841.

PHYSIOLOGIE ET HYGIÈNE DU MAGNÉTISEUR ; régime diététique du magnétisé; Mémoires et aphorismes de Mesmer, annotés. Un fort vol. grand in-18. Germer-Baillière, libraire-éditeur.— Paris, 1843.

LETTRES D'UN MAGNÉTISEUR, concernant un grand nombre de personnages célèbres de nos jours. Un vol. grand in-18. — Paris, 1843.

ARRÊT DE LA COUR SUPRÊME touchant le Magnétisme animal, etc. Grand in-18.— Paris, 1843.

ALMANACH POPULAIRE DU MAGNÉTISEUR PRATICIEN pour 1846. Un vol. in-18. Bréauté, libraire-éditeur, passage Choiseul, 39. — Paris, 1846.

Pour paraître prochainement :

L'ANGE MONITEUR. Un vol. in-8°.

DOCTRINE DU MAGNÉTISME ANIMAL. Un vol. in-8°.

LE PÉCHÉ ORIGINEL. Un vol. in-8°.

LA RÉDEMPTION. Un vol. in-8°.

LE JUGEMENT DERNIER. Un vol. in-8°.

CURIEUX PROCÈS, soutenus et gagnés contre M. le Procureur du roi à Bressuire (Eugène Dufraysse-Lafeuillade), à l'occasion du Magnétisme et du Somnambulisme ; par J.-J.-A. Ricard. Un vol. in-8°.

Paris.—Imp. E.-B. Delanchy, faub. Montmartre, 11.

www.ingramcontent.com/pod-product-compliance
Ingram Content Group UK Ltd.
Pitfield, Milton Keynes, MK11 3LW, UK
UKHW031843260826
14628UKWH00002B/560

9 782012 399808